페르미나 마르케스

세계문학의숲 014

Fermina Márquez

페르미나 마르케스

발레리 라르보 지음
정혜용 옮김

시공사

일러두기

1. 이 책은 1911년 출간된 발레리 라르보(Valery Larbaud)의 《페르미나 마르케스(Fermina Márquez)》를 우리말로 옮긴 것이다. 이 작품은 1910년 3월부터 네 차례에 걸쳐 《라 누벨 르뷔 프랑세즈(La Nouvelle Revue Française)》에 연재된 후, 그 이듬해인 1911년 샤르팡티에-파스켈 출판사에서 단행본으로 출간되었다.
2. 번역은 1926년 갈리마르 출판사에서 출간된 《페르미나 마르케스》를 대본으로 삼았으며, 플레야드 총서의 《발레리 라르보(Valery Larbaud: Œuvres)》(Gallimard 발행, 1957년) 편을 참조하였다.
3. 이 책은 원작의 문단 구분 방식을 그대로 따랐다. 현재 통용되는 문단 구분 방식에 비추어 낯설어 보일 수도 있으나 작가의 의도를 최대한 살리고자 원작의 방식을 준수하였다.
4. 본문의 주는 모두 옮긴이 주이다.

차례

우미함이 그 여인의 몸짓마다,
움직임마다 깃들고,
발걸음에 묻어난다.
－《티불루스 전집》IV. 2.

I

우리는 교정에 깔아 놓은 모래 위에 서 있었다. 면회실 유리문에 반사된 빛이 우리 발치께로 갑작스럽게 지나갔다. 산토스가 고개를 번쩍 들었다.

"여자애들인데."

그 말을 듣고 우리 모두 면회실 앞의 층계로 눈을 돌렸다. 정말로 그곳에는 푸른색 옷을 입은 소녀 두 명과 검은색 옷을 입은 살집 좋은 여인 한 명이 학생 감독관과 나란히 서 있었다. 그 네 사람은 다 같이 계단을 내려왔고, 교정 가장자리를 따라 나 있는 산책로로 접어들더니 정원 저 안쪽에 위치한 전망대를 향해 걸음을 옮겼다. 그곳에 오르면 저 멀리 센 강 유역과 파리가 보인다. 학생 감독관은 학생들이 새로 들어오면, 이런 식으로 학부모에게 자신이 근무하는 학교의 아름다움을 확실하게 보여줬다.

두 소녀가 전교생이 모여 있던 커다란 타원형의 교정을 따라서 지나가는 동안, 우리는 저마다 그 소녀들을 요모조모 마음껏 뜯어봤다.

우리는 뻔뻔한 사내아이들(열여섯과 열아홉 살 사이)의 무리로서, 규율위반과 무례에 관해서라면 우리의 명예를 걸고 그 무엇이든 감행하여, 맷감이 되곤 했다. 우리는 프랑스식으로 키워지지 않았고, 게다가 우리 프랑스인들은 이 학교에서는 아주 소수일 뿐이었다. 학생들 사이에서 일상적으로 사용하는 언어가 에스파냐어였을 정도다. 이 학교에서는 감상적인 것은 무엇이든 조롱하고 가장 거칠고 투박한 자질들은 찬양하는 분위기가 지배적이었다. 간단히 말해서, 하루에도 한 백 번씩은 누군가가 영웅적인 어조로 "우리 뛰어난 남아메리카인들은"이라고 말하는 것이 들려오는 곳이었다.

이런 말을 하는 학생들(산토스와 다른 아이들)이 **이국적인** 학생들(동양 출신, 페르시아 출신, 샴 왕국 출신)은 끼어들 수 없는 엘리트 층을 이루고 있었다. 하지만 우리 프랑스 아이들은 그 무리에 받아들여졌는데, 우선, 우리는 홈그라운드에 있었고, 그러니까 이곳이 우리나라이기 때문이고, 그다음, 우리는 하나의 민족으로 보자면, 역사적으로 **거의** 귀족의 피가 흐르는 민족, 이성(理性)의 종족이나 다름없기 때문이었다. 이러한 생각은, 오늘날, 우리네에게서는 사라진 것으로 보인다. 오늘날의 우리는 마치 아버지에 대한 이야기를 회피하는 사생아 같다. 몬테비데오의 선주나 카야오의 인공비료상, 혹은 에콰도르의 모자 제조상을 아버지로 둔 그들은 온몸으로, 그리고 인생의 매 순간, 자신들이 콘키스타도르*의 후예라고 느꼈다. 그들이 에스파냐 혈통─비록 그들 대부분은 그 피에 인디언의 피가 약간 섞이기는 했지만─을 존중하는 마음이 어찌나 대단한지 이들의 감정에 비하면, 카스티야나 아스투리아스의 농부들을 선조로 모시고 있다는 그 확신에 비하면, 그 어떤 귀족의 자부심도 카스트에 대한 그 어떤 열광도 쩨쩨해 보인다. 이러고 저러고간에, 자존감을 지닌 사람들(그런데 이들은 그저 덩치만 컸지 아이들일 뿐이었다) 사이에서 살아간다는 것은 근사하고 좋은 일이었다. 확신하건대, 프랑스에 남아 있는 얼마 안 되는 졸업생들은 오늘날, 우리가 다녔던 그 오래된 학교를, 국제박람회보다도 더 국제적인 그 유명한 생토귀스탱 중등학교를, 지금은 버려져 이미 15년도 더 전에 문을 닫은 그 학교를, 감사의 마음으로 떠올리리라고 확신한다…….

우리는 바로 가장 영광스러운 민족들에 속한 어떤 민족에 대한 추억들에 둘러싸여 성장했다. 카스티야 지역은 우리의 두 번째 조국이었고, 우리는 수 년간, 신대륙과 에스파냐가 신이 어떤 영웅 종족을 매개로 몸소 기적을 펼쳐 보였던 또 다른

*에스파냐어로 정복자를 의미한다. 특히 16세기에 중남미를 침입하여 잉카·아스테카 문명을 파괴하고 원주민을 대량으로 학살했던 에스파냐인을 가리킨다.

성지(聖地)라고 생각했다—그렇다, 우리 사이에서 지배적이었
던 정신은 모험과 용맹의 정신이었다. 우리는 우리 가운데 가
장 나이 많은 축과 닮으려고 애를 썼고, 그들에 대해 감탄해 마
지않았다. 예를 들자면 산토스. 혹은 그의 동생 파블로. 순진하
게도 우리는 그 아이들의 행동거지를, 그 목소리의 음색까지도
흉내 내려 들었고, 그러면서 극도의 쾌감을 느꼈다. 바로 이것
이 우리가 이 순간, 정원의 커다란 산책로와 교정을 갈라놓는
도금양나무 울타리 근처에 몰려서서, 소심함을 무릅쓰고, 여봐
란 듯이 뻔뻔하게 낯선 소녀들에게 찬탄의 눈길을 보내는 이유
였다.

소녀들 쪽에서는 그 모든 시선들을 대담하게 받아냈다. 특
히 더 나이 든 편이 그랬다. 그 소녀는 우리 앞을 천천히 지나
가며 우리 모두에게 눈길을 주었는데, 눈 한 번 깜박이지 않았
다. 소녀들이 지나가고 나자 파블로가 커다란 목소리로 말했
다. "예쁜걸." 바로 그게 우리 모두의 생각이었다.

그러자 모두 간단하게 각자의 의견을 내놓았다. 일반적인
의견은 자매 중에 나이 어린 쪽, 커다란 푸른색 리본으로 숱 많
은 검은 머리를 하나로 묶어 올린 쪽, 그러니까 '동생'은 별 볼
일 없는 것으로, 혹은 적어도 우리의 관심을 받기에는 너무 어
린 것으로(아마 열두 살이나 열세 살) 판결났다. 우리는 진정
사나이들이었던 것이다!

하지만 나이 든 쪽! 우리는 그 소녀의 아름다움을 나타낼 표

현을 찾지 못했다. 아니, 아무것도 표현해주지 못하는 진부한 말밖에 찾아내지 못했다. 고작, 마드리갈풍의 시구들로, 벨벳 같은 두 눈, 꽃 피운 가지, 어쩌고저쩌고 정도였다. 열여섯 살 소녀의 허리는 낭창거림과 단단함을 동시에 품고 있었다. 그리고 그 허리 아래 엉덩이는 승리의 화관에 비견할 만하지 않던가. 그리고 그 자신만만하고 리드미컬한 발걸음은 이 눈부신 피조물이 자신의 걸음이 이 세상을 아름답게 꾸며준다는 사실을 의식하고 있음을 보여주었다……. 정녕, 그 소녀는 인생의 갖은 행복을 떠올리게 했다.

"게다가 구두, 옷, 머리 모양, 모두 최신 유행이라고." 드무아젤이 단정 지었다. 드무아젤은 키가 큰 열아홉 살짜리 깜둥이로, 희한한 프랑스어 발음으로 자기 어머니가 '팔휘의 팔휘 여인', 즉 진짜배기 파리 여인으로서 포르토프랭스에서 세련된 취향을 선도하는 여왕이라고 단언해 버릇하는 무지막지한 놈이었다.

II

이제 우리에게 필요한 것은 정확한 정보였다. 우리는 아주 착실한 학생들답게 한옆에 얌전히 앉아서 마음속이나 들여다보고 있을 생각은, 물론 전혀 없었다. 우선 **그녀**가 어떤 인물인지를 알아내는 일이 급했다.

오르테가는 우리 가운데에서 본국 출신의 유일한 에스파냐인이었고, 그런 이유로 우리는 그 아이를 대할 때 공경의 마음을 품었다. 산토스는 이 점에 있어서도 우리에게 모범을 보였다. 그는 그 카스티야의 젊은이에게 나, 산토스 이투리아는 천박한 신흥도시 몬테레이와는 아무런 관련이 없다고, 그 상스럽고 저속한 남아메리카의 벼락부자, '카추핀'*과는 절대 무관하

---

*라틴아메리카에 정착한 에스파냐인을 가리키는 말.

다고 기를 쓰고 입증하려 들었다. 힘과 언변으로 우리의 이 작은 세계를 지배하던 산토스, 바로 그 산토스가 이 허약하고 게으르고 말수 적은 오르테가의 우위를 여러 면에서 기꺼이 인정했다. 그리하여, 이러한 상황을 맞아 그는 우선 무엇보다도 먼저 오르테가의 의견을 구했다. 오르테가는 늘, 학교생활 전반과 매일매일의 자그마한 사건들, 교사들과 학생들의 오고 감을 관찰하고 있었다. 오르테가는 그 소녀들은 얼마 전에 중학교 2학년에 새로 들어온, 신입생 마르케스의 누나들인 것 같다고 대답했다. 그가 제대로 맞힌 거였다.

드무아젤이 어린 마르케스의 팔목을 오랫동안 비틀어댄 결과, 그는 작은 누나의 이름을 털어놓고 말았다. 필라르라고 했다. 그러고는 그보다 조금 더 오래 팔목을 조여대어 큰 누나의 이름도 알아냈다. 페르미나였다. 우리는 다 함께 이 고문 장면을 지켜보며 서 있었다. 깜둥이는 아이의 얼굴에 욕설을 내뱉었고, 아이는 두 뺨에 눈물을 흘리면서도 아무 말도 하지 않고 깜둥이를 똑바로 쳐다보았다. 이런 식의 용기는 거짓말과는 잘 어울리지 않는다. 역시, 마르케스는 우리를 속이지 않았다. 이리하여 우리는 이제 한 단어를, 나지막하게 되뇔 이름 하나를, 온갖 이름들 가운데에서도 그녀를 가리키는 이름을 갖게 되었다. 페르미나, 페르미니타…… 일정한 순서로 배열된 철자, 일군의 음절, 비물질적이나 그 안에 하나의 이미지와 기억들을, 그러니까 **그녀**에게 속한 그 무언가를 품고 있는 것이다. 누군가 이 단어를 커다란 목소리로 입 밖에 낸다. 그때 그 아름다운 소녀가 거기 있다면, 뒤돌아보지 않겠는가. 그렇다. 이 공책 저 공책에, 그리스어 작문 연습 종이 여백에 적어놓을 그 이름. 여러 해가 흐른 뒤 그 이름과 다시 맞닥뜨리면, 그 순간 깊은 감동을 받아 멍청한 연애시 몇 구절을 읊조리게 되리라……

산토스가 드무아젤에게 말했다. "이제 그만 험하게 굴어. 그걸로 됐어. 놔주라고. 어서. 놔주라니까!" 깜둥이는 마지못해 복종했다. 그러자 이제는 기꺼이 입을 열기 시작한 어린 마르케스가 필라르와 페르미나와 함께 다니는 뚱뚱한 부인은 그들의 어머니가 아니라―그들의 어머니는 돌아가셨다―고모, 그러니까 아버지의 누이라는 사실을 알려줬다. 아버지 마르케스 씨는 콜롬비아의 거물급 은행가 중 한 사람이었다. 아이들을 따라서 유럽에 올 수 없는 관계로 아이들을 누이에게 맡겼고, 그 누이는 마마 돌로레라는 허물없는 호칭으로 불렸다. 그 누이는 40세가량의 식민지 태생 백인으로 한때 아주 예뻤으며, 포동포동한 얼굴에 자리 잡은 커다란 두 눈은 여전히 지나치게 뜨겁고 풍부한 감성이 담긴 눈길을 간직하고 있었다. 세 아이와 아이들 고모는 4년 동안 프랑스에 있다가 마드리드에서 두 해를 보낸 뒤, 다 함께 보고타로 돌아갈 거란다. 하지만 특히, 우리 마음에 쏙 드는 게 있었다. 어린 마르케스가 학교생활에 익숙해질 때까지, 마마 돌로레와 두 조카딸이 매일 생토귀스탱에서 와서 오후 시간을 보낼 거란다. 가까이에 가족이 함께 있다고 느끼면 새 학교가 안겨주는 절망과 싸우는 데 도움이 되니까.

이리하여 우리는 오후에 두 번에 걸쳐서 갖는 긴 휴식 시간 동안, 페르미나 마르케스가 정원의 산책로로 지나가는 모습을 보러 갔다. 우리는 교칙에도 불구하고, 몰래 담배를 피우러 교정을 벗어나 정원으로 가는 일을 결코 두려워한 적이 없었다. 하물며 지금에야……. 자습실로 돌아가야만 하는 시간이었다. 이제는 휴식 시간이 끝나는 것이 여느 때 휴식 시간이 끝나던 것과는 완전히 달라졌다. 삶이 통째로 변했다. 우리 각자는 자기 자신 안에서 희망이 움트는 것을 느꼈고, 그 희망이 그다지도 묵직하고 그다지도 아름다워서 깜짝 놀랐다.

III

우리끼리는 이렇게 말했다. "만약 누군가가 그녀를 갖는다면, 그건 아마 산토스일거야. 드무아젤, 그 망나니가 정원의 으슥한 곳에서 그녀를 힘으로 갖지만 않는다면 말이야." 산토스 이투리아 자신도 페르미나에게 구애를 하는 동시에 그 깜둥이를 감시해야 한다는 점을 잘 알고 있었다. 그런데 우리는 그 소녀들 주변에 여남은 명이 동시에 얼쩡거리는 방법을 발견했다.

그건 아주 쉬웠다. 몇 분 동안 교정에 있는 모습을 보여주고 난 뒤, 산울타리를 뛰어넘어 빠져나가서, 몸을 낮추고 나무들 사이를 누비며 나아간다. 애송이들이 그동안 망을 봤다.

우리는 정원에서 어린 마르케스가 고모와 누이들과 함께 산책하는 모습을 발견했다. 우리는 마르케스에게 인사를 건네고 여인들에게 정중한 인사를 보냈다. 우리는 어느새 마마 돌로레와 그 조카딸들의 산책에 다 함께 동행하게 되었다. 하지만 우리는 늘 경계태세를 늦추지 않았고, 위험을 알리는 신호가 들어오자마자 즉각 숲 속에 숨을 준비를 하고 있었다. 감독교사들이 느닷없는 열의를 보이며 우리를 쫓아다니는 날들도 있었으니까.

이렇게 다 같이 산책하는 일은 아주 유쾌했다. 소녀들이 말을 많이 한 것은 아니지만 우리는 그들을 아주 가까이에서 느꼈다. 마마 돌로레는 자기 나라에 관한 아름다운 이야기들을 해주든가, 아니면 파리에 관한 첫인상과 매일 겪게 되는 수많은 놀라움들에 대해 들려줬다. 마마 돌로레는 바그람 대로에 위치한 커다란 아파트를 빌려서 생활하고 있었다. 하지만 잠잘 때가 되어야만 그곳으로 돌아갔다. 상점들(상점들이 얼마나 많은지!)의 유혹이 너무나 강했으니까. 자신과 '아이들'은 시내의 레스토랑에서 식사를 하는데, '세일 현장'에 보다 가까이 있기 위해서라나. 그리고 매일 한 시에는 생토퀴스탱에 와 있어야 했다. 그러니까……. "그러니까, 바그람 대로 아파트에서 일하는 하인 여섯 명은 즐거운 시간을 갖겠지요!" 마마 돌로레는 특이했는데, 옷은 지나치게 잘 입었고, 향수를 듬뿍 뿌렸고, 교육은 제대로 받지 못했지만 매력적이었다. 마마 돌로레는 우리 담배를 빼앗아 피웠고 우리 가운데 한 명에게 말을 걸 때면 우리가 자기 연인이라도 되는 양 다정한 목소리로 "케리딘"*이라고 불렀다. 산토스는 "아! 언젠가 그분 조카딸이 날 '케리딘'이라고 불러주는 날이 온다면!" 하고 말했다.

우리 주위로는 정원이 펼쳐져 있었다. 나무들은 무성하나 깔끔하게 손질되어 있어 초목의 벽이나 테라스와 흡사해 보였고, 그 사이로 고상한 느낌의 넓은 산책로들이 나 있었다. 밑동이 초록의 어두침침하며 아주 인상적인 그늘에 잠긴, 송악과 이끼로 덮인 떡갈나무가 솟아 있는 숲들도 있었다. 이 생토귀스탱 정원에는 베르사유나 마를리에 버금가는 널따란 가로수길들이 있었다. 그 길에 들어서면 지난 대전(大戰)에 대포알에 맞아 구멍은 났지만, 타르 섞은 회반죽으로 구멍을 메우고 살아남은 커다란 나무들이 여기저기 있었다. 그리고 무엇보다도 중앙에 거대한 계단이 있는 테라스가 있었고, 그곳에서 온통 금빛으로 칠한 성인 아우구스티누스의 조각상이 강 유역을 내려다보고 서 있었다. 그것은 센 강 유역, 그러니 왕의 나라로, 그곳에 펼쳐진 길들과 숲들은 계속해서 아름다운 정원이 이어진 느낌을 주고, 그곳에서는 늘 새들이 노래한다. 여름이 시작될 무렵이다. 깊이 숨을 들이마신다. 그러면 가슴속 저 깊은 곳에서 프랑스의 다정함이 느껴진다.

*케리도(연인)의 좀 더 애교스런 표현.

IV

온실 근처에는 테니스를 칠 수 있도록 다져놓은 운동장이 하나
있었다. 그건 우리가 경멸해 마지않는, 여자아이들이나 하는
운동, '양키의 운동'이었다. 페르미나의 마음에 들고자 산토스
와 드무아젤이 그 운동에 영예를 베풀었다. 우리는 채와 전용
운동화를 가져오게 했다. 그건 아주 근사했다. 페르미나 마르
케스는 경기를 하면서 활기차게 움직였고, 그 힘과 민첩함이야
말로 감탄할 만했다. 그러면서도 페르미나는 아무리 빠른 동작
에도 흐트러지지 않는 고상하고 위풍당당한 자세를 유지할 수
있었다. 경기를 할 때면 소매가 넓고 벌어진 옷을 입었기에, 소
녀가 팔을 치켜들 때마다 소매가 내려왔고, 팔꿈치를 지나쳐서
점점 더 미끄러져 내려갔다. 나는 페르미나가, 이렇게 말해도
되는지 모르겠지만, 벌거벗은 팔에 들러붙는 우리 모두의 호기

심 가득하고 탐욕스러운 시선을 느끼지 못했다는 게 아직도 놀랍다. 어느 날, 경기가 끝나서 페르미나가 산토스에게 채를 돌려주고 난 직후, 산토스는 페르미나 앞에서 테니스 채 자루에 입을 맞췄다.

"정말로, 테니스 채가 그렇게 좋아요?"

"그 채를 쥐었던 손은 더 좋습니다."

산토스는 페르미나의 손목을 잡아채서는 입술을 가져다 댔다. 페르미나는 급하게 손을 잡아 뽑았고, 그 바람에 줄이 풀린 팔찌가 땅에 떨어지고 말았다. 산토스는 그 팔찌를 주워 올리면서 팔찌는 자기가 간직하겠노라고 말했다.

"어떻게 그런 짓을!"

"오! 이게 더 좋겠군요. 내가 파리로 가서, 오늘 저녁 열한 시에 댁으로 팔찌를 가져다드리죠."

"농담이시죠!"

"말한 대로입니다. 그저 문지기가 날 들여보내주게 미리 말이나 해두세요. 그리고 학생 감독관에게는 아무 말도 절대 해선 안 됩니다."

"그런 일을 하면 퇴학당하나요?"

산토스는 어깨를 으쓱해 보이고는, 끔쩍 눈짓을 하여 마마 돌로레가 다가오고 있음을 알렸다. 마마 돌로레 뒤로는 필라르, 마르케스, 그리고 급우들의 짓궂은 놀림으로부터 마르케스를 지켜내어 마마 돌로레의 신임을 얻게 된 고등학교 1학년인 레니오가 따르고 있었다. 그러더니 나지막한 목소리로, "퇴학 당할 만한 일이냐고요? 아! 이미 그런 짓을 해봤답니다. 어이, 깜둥이, 안 그래?" 드무아젤이 그 기묘한 웃음으로 대꾸했다. "히히. 히히."

V

산토스 이투리아와 드무아젤이 우리 앞에서 심야의 충동적인 나들이에 대해 암시한 것은 그때가 처음이었다. 하지만 그것은 공공연한 비밀이었다. 난 그 둘이 왜 기를 쓰고 그것에 대해서 아무 말도 안 하려고 드는지가 늘 궁금했다. 그 일은 이미 두 해 전부터 계속되어 오고 있었다. 매주, 이투리아와 드무아젤 이 두 눈은 검게 무리지고 잠 못 잔 사람들 특유의 초췌한 몰골로 침실에서 내려오는 모습을 보게 되는 요일들이 있었다. 그 둘은 쌓아놓은 사전들 뒤에 숨어서 오로지 잠을 잘 목적으로 자습 시간에 들어왔는데, 모습은 꾀죄죄했고 귓가에는 웅웅거리는 소리가 들려오는 상태였다. 쉬는 시간에 두 사람은 교정에도 정원에도 모습을 보이지 않았다. 피아노들이 보관된 "창고"에 있다가, 우리가 수업받으러 교실로 들어갈 때면 그곳에서 빠져나와, 반쯤 자고 있는 사람 특유의 둔한 걸음걸이로 줄로 숨어들어오는 모습을 볼 수 있었다. 산토스는 창백한 낯빛이 아주 잘 어울렸다. 반면에 깜둥이로 말할 것 같으면 엉터리로 분장을 한 익살 광대처럼 보였고, 낯짝은 잉크와 초콜릿으로 괴발개발 칠해놓은 형상이었다. 그들은 교실에서도 여전히 잠을 잤다. 드무아젤은 열등생이었고 그런 이유로 맨 뒷줄에 앉았으며, 아무런 거리낌 없이 벽에 머리를 기대고 두 다리는 쭉 뻗고 달게 잤다. 반면에 반에서 1등이었던 산토스는 책상에 팔꿈치를 올려놓고 상체는 꼿꼿하게 세우고 잠을 잤다. 그는 짝에게 자기 전에 이렇게 말했다.

"선생이 질문하면, 내 팔을 쳐."

저녁때가 되어, 그제서야 구내식당에 모습을 나타낸 두 사람은 잠이 확 깬 것 같았다.

그때가 되면 둘은 이제야말로 좀 살 만하지 않은가라고 묻기라도 하는 듯, 진지하게 공모의 눈길을 주고받았다. 우리는 그들이 왜 피곤한지를 짐작했고, 아무 말 없이 경탄의 눈길로 그 둘을 바라봤다. 그들이 우리 앞에서 하루 종일 여봐란 듯이 과시하는 그 잠, 그 비밀스러운 공모의 태도, 그러니까 밤새도록 '축제를 벌이고' 난 남자들의 그 모습이 우리의 호기심을 자극했고 우리가 아직 겪어보지 못한 쾌락을 갈구하게 만들었다. 두 사람은 파리 원정 덕분에 자신들이 우리 눈에 얼마나 매력적으로 보이는지를 잘 알고 있었다. 오늘날 나는 그 둘이 몽마르트르의 카페나 레스토랑에서 즐긴 대가로 그것, 그 피곤한 안색을 얻은 데에서만큼이나, 밤에 쏘다니는 사람 특유의 피곤한 안색을 우리에게 보여주는 데에서도 즐거움을 누리지 않았을까 생각한다. 그 둘이 수훈을 세운 곳은 몽마르트르였다. 우리는 그것을 입증할 증거물을 갖고 있었다. 몽마르트르 언덕의 유명 레스토랑 로고가 그려진 야찬(夜餐) **영수증**이 철학 수업 시간에 교실 안을 돌아다녔고, 계산서 밑에 적힌 총액이 무려 세 자리 수인 때도 가끔 있었다!

그 둘이 어떻게 정원 바깥으로 빠져나갔는지, 밤중에, 동트기 겨우 몇 시간 전에, 기숙사 침실로 들어오기 위해 어떻게 했는지 전혀 알지 못했다. 야간 경비와 야경꾼을 매수하여 입 다물게 만들었을까? 마을의 누군가와 공모를 했을까? 그럴 수도 있는 일이다. 사람들 말로는 생토귀스탱 외부에 살고 있는 승마 선생이 그들에게 말을 빌려줬단다. 그러니까 두 사람은 말을 타고서 가장 가까운 역으로 갔고, 25분에서 30분쯤의 시간을 들이면 두 길동무는 파리에 가 있었다. 돌아오는 길에는, 다시 여인숙 마구간에 맡겨둔 말을 타고 학교까지 달렸다. 페르미나 마르케스가 틀리지 않았다. 그 일에는 퇴학당할 만한 것이, 동시에 학교 직원 일부가 쫓겨날 만한 것이 있었다. 게다가 이 모든 일들은 훨씬 훗날에야 학교 당국에 알려졌는데, 그때에는 죄인들과 그들의 공모자들이 생토귀스탱을 떠난 지 이미 몇 년 되었을 때였다.

처음에는 산토스 혼자서 밤에 빠져나갔다. 그는 파리의 대학가를 돌아다니는 것으로 시작했다. 그가 교외에서부터 타고 오는 기차가 그를 당페르 광장에 내려놓았기 때문이다. 그때만 해도 파리 순환 철도를 이용해 그보다 더 복잡한 여정을 짜볼 엄두가 나지 않을 때였다. 하지만 산토스는 곧 대학가에 싫증이 났다. 학생들이 애용하는 술집에 있으면 편치가 않았다. 그에게는 그곳 분위기가 지나치게 세련되게 느껴졌다. 산토스는 옆 테이블에 앉은 학생들이 철학이나 문학에 대해 논하는 것을 듣고 놀랐다. 그곳에서는 자신이 애송이 사내애, 고등학생처럼 느껴졌다. 게다가 그의 부풀린 소비생활, 무의식적인 돈 자랑이 대부분에게서 심술궂은 질투를 유발했고, 몇몇에게서, 그러니까 그보다 자신들이 더 우월하다고 생각하는 빛이 역력하며 그로서는 호의를 얻어내고 싶었을 그런 사람들에게서는 경멸을 자아냈다. 끝으로, 몽마르트르 언덕의 값비싼 향락을 알게 되자, 대학가의 보다 검소한 즐거움은 우스워 보였다.

산토스 이투리아는 몽마르트르에서 훨씬 더 자유분방했다. 일주일에 거의 두 번씩 모습을 나타냈기에 그는 몇몇 음식점에서 차츰차츰 단골 축에 끼게 되었고, 덕분에 중등학교를 졸업하고 난 뒤 우리 가운데 여럿이 클리시 대로와 블랑슈 광장의 이런저런 카페에서 이투리아 씨와 알고 지냈고 그를 아주 잘 기억하고 있다는 사람들을 만날 수 있었다.

산토스가 몽마르트르를 발견하자마자, 말하자면 그렇다는

것이지만, 드무아젤은 그 모든 바깥세상으로의 탈출에 동행했다. 산토스는 깜둥이에게 자기를 따라와도 좋다고 허락했는데, 길동무를 원하지만 자기 동생 파블로를 이러한 위험에 끌어들이고 싶지 않았던 데다가 드무아젤에게서 자신의 대담함에 비견할 만한 대담함을 발견했던 것이다. 두 길동무는 방탕아들, 호텔 지배인들, 집시들, 어여쁜 아가씨들의 세계에서 유명해졌다. 사실대로 말하자면 그 깜둥이는 다리는 지나치게 길었고 키는 멀쑥하게 컸으며, 코는 짤막한 것이 희한하게 끝이 들려 올라갔는데, 그렇게 주름 잡힌 코는 파리에서 흔히 마주치는 젊은 여점원에게나 어울리는 코—아마도 포르토프랭스의 "팔휘 여인"인 어머니로부터 물려받은 게 아닐까?—로, 그 전형적인 아프리카인의 얼굴에 붙어 있으니 아주 눈에 띄었다. 드무아젤은, 내 말하는데, 어여쁜 아가씨들을 상대로 어떠한 성공도 거두지 못했다. 게다가 그 인간은 폭력적이고 거칠었으며 심술궂었는데, 그 정도가 어찌나 심한지 감히 그 누구도, 특히 그가 술에 취해 있을 때에는 그의 말을 거스르지 못했다. 그럴 때면 산토스만이 그를 통제하고 때맞춰 다시 학교로 데려갈 수 있었다. 생토귀스탱에 다니는 다른 깜둥이들은 모범적이고 열심히 공부하는 아주 영리한 학생들로서, 말수가 적고 때로 두 눈에 약간의 우수가 스쳐 가는 평화로운 소년들이었다. 그러니까 드무아젤은 예외, 그것도 무시무시한 예외였다. 학생들이 모인 곳에서는 늘 누군가 낮은 목소리로 그가 세운 음산한 공훈들을 이야기해줬다. 산토스의 만류에도 불구하고, 정확히 어디인지는 모르나 어떤 싸구려 술집에 가서 여자들을 채찍으로 때리는 대가로 돈을 지불했다는 것도, 그 유명한 밤나들이 동안에 일어난 일이었다. 그리고 그 가여운 여자들은, 보나 마나 배고픔에 시달리는 여자들이었겠지만, 그 비열한 행동에 동의했단다! 지금에 와서 차분하게 생각해보면, 그건 하나의 전설 같은 이야기, 행실 못된 사내애가 상상력을 동원해 왜곡해서 들려준 어떤 돌발적인 사건일 뿐이었다. 하지만 그 이야기를 처음 들었을 때, 그것이 우리 마음속에 불러일으킨 혼란은 똑똑히 기억하고 있다. 우리 대부분은 응석받이로 큰 아이들이었는데, 가장 심하게 성격을 망쳐놓는 것도 바로 그것이고, 영혼을 무감각하게 만드는 것도 바로 그것인 법이다. 그런데도 우리 가운데 여럿이 그 이야기를 듣고서 분노와 동정으로 눈물을 쏟았다. 자신도 모르는 새 자꾸 그 사건이 생각났는데, 그건 마치 가슴을 짓누르는 묵직한 무게와 같아서, 저녁에 자려고 누워 두 손으로 그 무게를 가슴에서 들어 올리려고 애쓰는 형국이었다…….

반대로 산토스는 어딜 가나 환영받는 인물이었다. 그가 고개를 꼿꼿이 쳐들고 모자를 뒤로 젖혀 쓰고 레스토랑으로 들어가면, 곧 어떤 흥겨운 무리 가운데에서 "어머, 내 애인이잖아"라고 말하는 아름다운 여인이 나타나게 마련이었다. 실제로 산토스 이투리아는 아주 잘생겼다. 그는 열여덟과 열아홉 살 사이로, 이미 떡 벌어진 체격에 넘치는 힘, 스물다섯 살 젊은이에게서나 보일 법한 자신만만한 태도를 갖추고 있었다. 나이에 어울리는 자연스러운 활기가 그 잘생긴 겉모습과 대조를 이루며 또 하나의 매력을 더하고 있었다. 얼굴은 길쭉하지 않고 넓적했으며, 늘 깔끔하게 면도되어 있어서, 그로 인해 정갈함과 그의 몸 전체에서 풍겨 나오는 솔직함이 더욱 두드러져 보였다. 낯빛은 투명했고 약간 장밋빛이기까지 했다. 가볍게 구불거리는 밤색 머리카락들이 솟아오른 이마를 왕관처럼 장식하고 있었다. 하지만 특히 눈에 띄는 것은 두 눈이었다. 푸른색, 거의 검게 보일 정도의 짙은 푸른색이었다. 두 눈은 놀라움을 불러일으킬 정도였다. 그 곧고 남성적이며 유쾌한 불손함으로 가득한 시선이 그 검고 아주 길고 거의 여성적인 느낌을 주는 속눈썹을 완벽하게 저버리고 있었다.

산토스는 이렇게 즐기러 몽마르트르에 출입하면서 처세술을 익혔다. 처음엔 그도 행동거지가 약간 투박했고 때로는 실수도 저질렀다. 어느 날 저녁, 드무아젤과 산토스가 자신들이 알고 지내는 여자들 가운데 한 아가씨의 뒤를 쫓아서 한창 인기 좋은 레스토랑의 계단을 뛰어올라 가다가, 마침 계단을 내려오는 중이던 남자들 한 무리와 마주쳤다. 둘이 뒤따르던 젊은 아가씨가 먼저 지나갔다. 아가씨를 쫓아가던 산토스가 재빨리 그 뒤를 따르려다가 나이 든 남자 한 명과 부딪혔고, 그러자 그 남자가 곧 길을 막아섰다.

"이보시오. 저 부인에게 내가 한 번 양보했으니 이번에는 젊은 당신이 내가 지나가게 해줘야지. 생각이 없지 않다면……."

그 남자가 잠시 설교를 늘어놓았고 드무아젤은 산토스가 곧 무지막지하게 쏘아붙이리라고 예상하고는 실실 웃어댔다. 하지만 산토스는 전혀 화난 기색 없이 끝까지 설교를 들어줬다. 그러더니 고개를 숙이면서 옆으로 비켜서서 그저 이렇게 말했다.

"가르침 잘 받았습니다. 사과드리죠."

누군가 옆 층계참에서 외쳤다.

"브라보, 젊은이. 처신을 어떻게 해야 하는지 제대로 아는구만!"

"내가 언제 그쪽 의견 묻던가요." 산토스는 이렇게 대꾸하고 지나가버렸다.

얼마 지나지 않아서 산토스는 이 다소 복잡한 세계에서 손쉽게 살아갈 수 있게 되었다. 심지어 그 세계의 정신적 지주가 되었다. 사람들이 무례하게 대하는 여인들에게는 지지자이며 몇몇 아름다운 여인들을 지나칠 정도로 쫓아다니는 쩨쩨한 남자들 가운데 어떤 이들에게는 눈엣가시였다.

그들은 아주 우아한 청년들이다. 그들과 대화를 시도하면 그들은 우선 당신에게 자신들은 망해가는 '가문의 아들'이라고 알려올 것이다. 법적 후견인이 지정되기 직전으로 '깡그리 먹어치우고' 나면 머리를 권총으로 날려버릴 예정이다. 그런데, 이게 아주 특이한 건데, 그들은 당신에게 또한 이런 말도 한다. "내가 일와 하나 이야기해 드리리다!" 혹은 "오늘 저녁 이곳 대지가 아주 묵직하네요." 이렇게 엉터리 국어를 쓴다고 해서 그들의 말에서 외국인 억양이 느껴지는 건 또 아니었고, 그들이 당신에게 털어놓은 대로라면 그들은 명문고교 장송에서 학업을 마쳤다. 그리하여 당신은 좀 더 자세한 관찰에 들어가고, 그 사람들이 맞지 않은 옷을 걸친 듯 불편해한다는 사실과 식당 종업원들에게 극도로 거만하게 말한다는 사실을 알게 된다. 게다가, 어떤 부유한 남자가, 신뢰할 수 있는 고객이 그들과 함께 온 여성을 아주 맘에 들어 하는 기색을 보이면 어떤 핑계를 대서든지 사라져주고, 화내는 법 없이 자리를 넘겨주는 모습을 보게 된다. 그때서야(이미 한참 지난 다음이지만) 당신은 지금 자신이 상대했던 인물이 어떤 인물인지를 깨닫게 된다…….

산토스 이투리아는 이런 화류계의 남자들을 도저히 봐줄 수가 없었다. 그래서 그가 가장 먼저 시작한 일이 자신의 용기에 어울리는 기세로 그들이 자신에게 접근하는 것을 밀어내는 거였다. 산토스는 그들 가운데 한 명에게, 이런저런 상황이 아직도 기억나는데, 그때 감성의 연인인 당신이 이성의 연인 앞에서 슬그머니 사라질 때 보여준 임기응변이 아주 뛰어나더라며 커다란 목소리로 칭찬을 건넸다. 또 다른 인물에게는, 모욕적일 정도로 끈질기게 사랑과 돈에 대한 이야기를 늘어놓았다. 그의 이야기는 우아했고 생기가 넘쳤다. 수다스러운 것은 아니었지만 풍성했고, 진지함과 재미가 절묘하게 섞인 우스갯소리, 어마어마한 농담들이 수를 놓았다. 그리고 그의 억양 자체에도 음악적인 뭔가가 있어서 이러한 농담에 풍미를 더했다. 곧 그는 자신의 마음에 들지 않는 이 매끈하게 생긴 남자들에 대한 공격에 들어갔다. 산토스는 재치도 없고 분노와 야비한 말에 있어서만 재빠른 이 사람들을 상대로 좋은 패를 쥐고 있었다. 그들은 그의 화살받이였고, 그의 조롱거리였다. 산토스는 그들의 얼을 빼놓았다. 산토스는 그들을 괴롭혔다. 산토스는 그들이 거칠어졌다 하면 자신이 손가락 한 번 튕기는 것으로 너끈히 그들을 다룰 수 있다는 사실을 느끼게 해줬다. 그들 스스로도 쫓겨날까봐 두려워서 감히 고약하게 굴지 못했다. 산토스가 이렇게 무례하게 그들을 공격할 때면 늘 산토스 쪽에 서서 웃어대는 남자들—여자들 역시—이 있었다. 그럴 경우 상황이 아주 고약해질 수 있다. 하루는 산토스가 저녁때 길에서 목덜미에 주먹질을 당하는 일이 발생하고 말았다. 하지만 드무아젤이 공격자를 어찌나 호되게 혼내줬던지 그 작자는 다시는 타나나지 않았다. 산토스는 양호실에서 며칠을 보내는 것으로 셈을 치렀다. 대외적으로는 체육관에서 떨어진 것으로 해뒀다.

그러니 산토스가 페르미나 마르케스에게 팔찌를 가져다주는 일은 전혀 어려운 일이 아니었다. 그는 저녁 자습 시간 내내, 그리고 침실로 올라가면서도, 그 팔찌를 갖고 놀았다. 그다음 날 페르미나가 우리에게 손을 내미는데 보니까 팔목에 팔찌가 있었다. 그걸 보고 우리는 자부심으로 부풀어 올랐다. 이투리아의 대담함은 우리 모두를 영예롭게 했으니까.

VI

이제 우리는 일상적으로 그 소녀를 수행하게 되었다. 그 수가 거의 여남은 명에 달했다. 소녀와 가까이 있는 사람들은 모두, 그러니까 소녀가 말을 걸든가 소녀와 함께 경기를 하든가 하는 사람들은 모두 소녀를 흠모하여 그 주위를 맴도는 무리를 형성했다. 이를테면 그녀에게 충성하는 기사들이었다. 페르미나 마르케스의 기사들은 학생들 전부에게, 심지어 자습 감독관들 가운데 젊은 치들에게조차 존경의 대상이 되었다. 정원에서 이루어지는 이 근사한 산책을 하고 돌아오는 우리에게서는 은밀히 피운 담배 냄새가 아니라 그 아메리카 대륙 소녀들의 향기가 났다. 그 향기는 제라늄이었던가 아니면 물푸레나무였던가? 그 향기는 뭐라고 꼭 꼬집어 말할 수 없는 것으로, 푸른색과 연보랏빛의, 그리고 하양과 분홍빛의 드레스들, 낭창낭창한 커다란 밀짚모자들을 떠올리게 했다. 그리고 조개 모양으로 혹은 동글동글하게 말아 올린 검은 머리와 어찌나 커다란지 그 안에 하늘이 통째로 비칠 것만 같은 검은 두 눈이 생각났다.

필라르는 아직 어린아이였다. 손가락에는 늘 잉크가 묻어 있었고, 팔꿈치는 늘 까진 상태였으며, 몸놀림은 열한 살에서 열세 살 사이의 어린 소녀들에게서 흔히 볼 수 있듯이 큼직하고 어색했다. 반면에 페르미나는 진정한, 다 자란 아가씨였다. 바로 그렇기 때문에, 우리가 볼 때, 그녀의 겉모습에는 마음을 움직이는 그 무엇인가가 있었다. 젊은 아가씨! 아가씨를 보면 사람들은 손뼉을 치고 싶게 마련이다. 그 주위를 맴돌며 춤을 추고 싶게 마련이다. 그렇다면 젊은 주부와 젊은 아가씨를 그렇게나 구별 짓는 것은 무엇인가? 내가 젊은 주부를, 아이들에게 둘러싸인 젊은 어머니를 바라본다. 그녀 역시 나를 바라보고 내가 어떤 존재인지를 알아본다―내가 그녀의 손을 잡아당겨 그 손에 입맞추고 나서야 그녀를 놓아줬으니까. 그녀가 나를 바라본다. 그 모든 이미지들이 그녀 안에 존재하고 있다. 나는 그녀가 낳은 아이들의 아버지나 마찬가지로 한 명의 남자인 것이다. 반면에 젊은 아가씨의 경우 나는 미지의 존재이며 이방의 땅이고 하나의 신비이다. 어색하기 짝이 없고 그 앞에 서면 말을 더듬는 가여운 미지의 존재인 것이다. 아가씨가 웃음이라도 터뜨리면 평정을 잃고 마는 가련한 신비.

하지만 우리는 서로를 조금은 알고 있다. 나의 삶에서, 나

자신과 단 둘이 대면해야 하는 때 나는 내 안에 들어 있는 여성
의 열망과 감정들을 발견한다. 나는 자기 안을 들여다볼 줄 아
는 여성들이라면 여성 특유의 풍부한 감성을 넘어서는 남성의
차갑고 논리정연한 정신이 자신 안에 있다는 것을 알아채리라
는 것을 의심하지 않는다.

　하지만 우리는 우리의 내면을 결코 명확하게 볼 수 없을 테
니, 우리, 그러니까 남성 여성 가릴 것 없이, 우리가 속에 담고
있는 그러한 다른 성(性)의 몫을 어찌 알겠는가. 삶과 여자를 안
다고 생각하는 것이 우리가 스무 살에 저지르기 마련인 실수였
다. 우리는 삶도 여자도 절대로 알 수 없을 것이다. 그저 여기
저기 경탄의 대상들만이 있을 뿐이며 끊이지 않고 일어나는 기
적들이 있을 뿐이다. 산토스는 몽마르트르의 카페를 출입하며
쌓은 경험을 통해 여자를 알게 되었다고 생각했다. 그리고 학
부모 노릇을 대신하는 파리의 보호자가 여는 파티나 차 모임에
겨우 출입하던―그것도 아주 드물게만―우리 역시 이렇게 말
하곤 했다. "여자란 존재들은 이런 거야."

VII

그러나 쉬는 시간만 되면 우리가 보이지 않는 일들, 허락 없이 감행한 산책, 그리고 정원에서의 테니스 경기가 마침내 학교 당국을 불안하게 만들었다. 그리하여 어느 날, 페르미나 마르케스의 기사들 각각은 정원에 접근하는 것을 금지하며 어길 시에는 가장 무거운 처벌을 받게 될 거라는 통고를 받았다. 고등학교 1학년에 재학 중인 레니오 한 사람만이 특별하게 이 여성들 곁에 있어도 된다는 허락을 받았다. 마마 돌로레가 그러한 특혜를 요구했는데, 레니오가 어린 마르케스를 보호하며, 중등학교 생활 초기에 겪는 어려움들을 헤쳐 나가게 아이를 이끌어 주기 때문이었다.

VIII

조아니 레니오는 열다섯 살 반으로 작문에서 특히 뛰어난 학생 그 이상도 그 이하도 아니었다. 그는 보기 좋게 생기지는 않았다. 말이 없었고, 사람을 똑바로 바라보는 일이 절대로 없었다. 게다가 아이들과 섞이지 않았다. 쉬는 시간에는 벤치에 누워 자는 척하며 속으로는 배운 것을 복습할 거라는 의심까지도 받았다. 성격도 별다른 특징이 없는 편이어서, 그 누구도 뭐라고 딱히 꼬집어 이야기해주지 못했을 것이다. 저기 있네. 자기 자리에 앉아 있네. 혹은 저기 자기 줄에 서 있잖아. 그게 전부였다. 하지만 아침 조회 시간에 시상식이 열리면, 그 이름만 들렸고 연단에서는 그의 모습만 보였다. 어쨌든 그가 학교에 영예를 안겨주기 때문에 모든 학생들은 손바닥이 얼얼하도록 그에게 박수를 보냈다. 하지만 그 누구도 레니오를 좋아하지는 않았다.

그는 겨우 글자를 깨치기 시작할 무렵인 아홉 살에 생토귀스탱에 들어왔다. 처음에 그가 모르는 언어로 말하는 동급생들 가운데에서 자신은 혼자이고 죄수와 다름없으며, 버림받았다는 느낌이 사무쳤기에, 그는 더는 자기 존재의 비참함을 느끼지 않으려고 미친 듯이 공부를 파고들었다. 그는 술에 빠져드는 남자처럼 공부에 빠져들었다. 그러니까 잊기 위해서였다. 그는 기숙사 학생들이 지워지지 않는 낙인을 찍어버린 그런 인물들 가운데 하나였다. 그도 그렇다는 것을 느끼고 있었고, 그것이 미치는 영향에 맞서서 최선을 다해 싸웠다.

그의 실력 향상은 모든 이를 놀라게 했다. 1년이 흐른 뒤, 학교에서는 두 학년을 월반시켰고, 레니오는 새로 들어간 학년에서도 첫 번째 작문 시험에서 1등을 했다. 그때부터 늘 1등을 유지하겠다고 굳게 결심하고 악착스럽게 노력했다. 그는 야외활동을 면제받았다. 실수투성이인 그가 끼어들었다 하면 그 팀의 패배는 뻔했기 때문이었다. 각 팀의 팀장들이 그의 경기 참여를 면제해달라고 부탁했다. 레니오로서는 불평할 게 없었다. 그 뒤로 그는 맹목적으로 집착하게 된 1등 말고는 그 어떤 것에도 관심이 없었다. 그리고 그것은 매일매일의 노력이었으니, 평소의 숙제조차도 채점한 뒤 등수가 매겨지기 때문이다. 학과목이 무엇인가는 그에게 거의 중요하지 않았다. 과학, 문학, 문법, 지리 등, 모든 것이 학업에서 거두는 영예에 대한 그의 병적인 집착을 충족시킬 수 있는 기회일 뿐이었다. 그러한 야심이 그의 마음속에서 불타오르기 시작한 뒤로는, 가르치고자 마음만 먹으면 그에게 그 어떤 것이라도 가르칠 수 있을 판이었다. 그러한 야심이 그의 눈을 멀게 만들었다. 그는 더는 자기 주변에서 자박자박 걸어가는 삶의 행보도 느끼지 못하고, 더는 우리 주변의 단조롭고, 평이하고, 평범한 모습도 보지 못하는 지경에 이르렀다. 방종한 행동의 장본인들을 지켜보며 하품을 하는 자습 감독교사도, 작문 과제를 허둥지둥 마무리하는 게으름뱅이들도, 파리를 잡아대거나 혹은 진주빛 하늘이 검푸른 밤으로 서서히 변해가는 광경이 내다보이는 창가 쪽을 서글픈 얼굴로 바라보고 있는 열등생들도, 전부 놓쳤다. 생토귀스탱에서 맞는 이런 저녁나절들, 겁에 질려 도망이라도 가듯 열차들이 멀리서 파리를 향해 신음을 흘리는 소리가 잠들 때까지 들려오는 그런 저녁나절들, 파리 근교 마을의 이 절망적인 저녁나절들에 담긴 우수에도 더는 흔들리지 않았다……. 조아니 레니오의 모든 노력은 자기 마음속 비밀스러운 곳에서는 성공이라고 부르는 것을 향해 있었다.

한번은 이런 일이 있었다. 모두 교실로 들어갔다. 교사는 이미 자기 자리에 앉아 있었다. 앞에는 채점한 답안지 무더기가 놓여 있다. 조용해지자 교사는 입을 열었다.

"레니오 군의 번역에 18점을 주었다. 심각한 오류가 없었다. 제군들에게 레니오 군의 번역을 읽어주겠다."

또 한번은 이런 일도 있었다. 지난번 작문 시험 결과를 발표하는 날이었다. 매주 토요일 저녁 학생 감독관과 일반 감독교사 한 명이 동석한 가운데, 각 학급에서 그 결과를 발표했다. 상급반부터 발표가 진행되었다. 철학, 수사학……. 약 15분, 20분 동안 조아니 레니오는 자기 의자에 앉아서 그 시상식이 진행되어가는 과정을 귀로 듣고 있었다. 여럿의 발소리와 목소리, 학교 고위직에 있는 사람들이 교실로 들어오자 학생들이 다 같이 일어서며 내는 웅성거리는 소리. 그는 이 모든 소리들을 듣고 있었고 불안과 근심으로 속이 바짝 타들어갔다. 그리고 이 소리들이 계속 반복되면서 점점 가까이 다가왔다. 드디어 고위 인사들이 옆 교실로 들어갔다. 마침내 레니오가 속한 학급 차례가 되었다. 프록코트를 입고 실크해트를 쓴 학교 당국자들이 입장했다. 학생들과 교사가 일어섰다. "앉으시오, 제군." 학생 감독관이 장중한 표정으로 말했다. 그러자 교사가 지난 작문의 결과를 읽었다. 이 얼마나 감미로운 순간인가!

"1등. 레니오(조아니)."

레니오가 벌떡 일어섰다. 학생 감독관이 그에게 미소를 보였다. 그런 다음 레니오가 비틀거리며 다시 자리에 앉았다. 그것은 머리를 강하게 얻어맞은 것에 버금갈 충격이었고 그의 신경 전체를 뒤흔들어놓을 만했다. 수업이 끝날 때까지도 그에게는 내적 동요와 일종의 열기가 남아 있었다. 수업이 끝나 교실에서 나가는데 다음과 같은 말이 들려왔다.

"너희 반에서도 석차 발표했어? 1등은 누군데?"

"또 레니오. 염병할!"

레니오는 자신의 기쁨을 전혀 내비치지 않았다. 게다가 대부분의 학생들이 이 모든 일에 아무런 관심이 없다는 것을 잘 알고 있었다. 또한 그는 겸손하고 싶었다. 그 기쁨이 너무나 엄청나서 고래고래 고함이라도 지르고 싶을 지경이었지만, 그는 구부정한 자세로, 자부심의 무게로 등이 굽은 채 뚜벅뚜벅 걸음을 옮겼다. 모험소설의 삽화를 보면 아름다운 백인 미녀를 안아 든 해적이 등장하듯이, 레니오는 자신이 획득한 영광을 두 팔에 안아 가슴에 꼭 붙이고, 황홀경에 빠진 채 걷는 듯했다. 그것은 새로운 승리였다. 그는 교실에서, 일주일 동안 영예의 자리에 머물게 될 것이다. 그것은 조금은, 영성체를 하고 난 뒤와 흡사했다. 정화된 느낌을 받았고, 스스로를 더욱더 존중하게 되었다.

학생 감독관과 교사 모두 그를 치하했다. 모두 그에게 엄청난 희망을 걸었다. 그는 너무나 영리하며, 모든 것을 빠르게 흡수했다. 이것이 일반적인 견해였다. 조아니 레니오는 자신의 악착스런 노력을 감추는 기교를 부렸던 것이다. 만약 자습 시간에 반 시간 정도 휴식을 취하기로 하면, 그 반 시간을 자신의 나태함을 보여주는 데 사용하였는데, 스무 번도 더 자리에서 일어났다 앉았다 하여 감독관에게서 정숙 명령을 계속 유발하는 식이었다. 마지막 순간이 다 되어서 아슬아슬하게 숙제를 베껴 적는 시늉도 했다. 심지어 수업 시간에 자는 일도 있었다. 그 모든 것이 환상을 만들어냈고, 사람들은 그의 재빠른 두뇌

회전에 감탄을 금치 못했다. 실제로 그에게서는, 사고보다는 감정이 훨씬 더 활발하고 훨씬 더 생생했다. 감정이 사고가 지배하는 지성을 흐려놓았고, 결국 레니오는 타고난 두뇌라는 명성을 누리고는 있었지만, 정말이지 자기 나이를 뛰어넘는 가없는 야심을 지녔다는 점에서만 뛰어날 뿐이었다.

그의 부모(리옹에 살고 있었다)는 그가 성공을 거둘 때마다 그를 격려하기 위해서 찬사로 가득한 편지를 써서 보냈다. 레니오의 아버지는 레니오가, 그를 위해 부모가 희생하고 있다는 사실을 잘 이해하고 있으며, 현실적인 사고방식의 소년으로서 자기가 누릴 수 있는 한 교육의 이점을 최대한 뽑아내고 있다고 생각했다. 그리고 그의 어머니는 이렇게 생각했다. '그가 그토록 열심히 공부하는 것은 다 나를 기쁘게 해주려는 거야!' 조아니는 부모의 찬사 뒤에 도사리고 있는 이런 생각들을 꿰뚫어 보고 있었다. 정말이지 그의 부모는 절대로 이해하지 못할 것이다……. 그리고 그는 연민의 미소를 지으며 편지들을 찢어버렸다. 그 누구도 그가 원하는 것, 그를 그렇게 열심히 공부하게 만드는 것이 무엇인지 결코 이해하지 못할 터인데, 사실 그것은 오로지 그 정신적 충격, "1등. 레니오(조아니)"라는 영예의 호명이 일으키는 그 갑작스러운 전율이었다. 우등생이 거두어들이는 보잘것없는 자잘한 성공들이 청소년다운 그의 상상 속에서는 로마의 개선장군이 거둔 승리나 마찬가지였던 것이다.

하지만 어른들은—어른들, 이들은 삶에 치여 너무나 피곤

하고 너무나 무뎌졌다—이 모범생의 이마에서 월계수가 시드
는 일은 결코 없으리라는 생각은 하지 못한다. 생토귀스탱에서
는 시상식 때 월계관을 수여하지 않았다. 대신 책 겉표지에 학
교 이니셜 S. A.를 금박으로 박아 넣었다. 학교 설립 당시부터
생겨나 한 세대에서 다음 세대로 전해져 내려온 오래된 말장
난에 따르면, 이 이니셜은 '생토귀스탱(Saint Augustin)'이 아니
라 '더러운 여인숙(Sale Auberge)'을 의미했다. 문양은 제법 커
서, 거의 백 프랑짜리 동전만 했다. 오랫동안, 조아니는 이 금
빛 동그라미를 경배하는 마음으로 바라보곤 했었다. 그것은 몇
몇 훌륭한 작가들의 묘사에 등장하는, 저 유명한 '영광의 첫 빛
살'을 포착해 그 모습을 영구히 박아놓은 듯했다. 그것에 대해
그가 느끼는 존경심이 그에게는 이미 어린 시절의 한 조각 추
억에 지나지 않는다 하더라도, 지난 학년에 상품으로 받은 책
들을 한번 보는 것만으로도 그의 유년기가 그 모든 씁쓸한 맛
과 더불어, 그 모든 슬픔과 그 모든 진지함과 더불어 깨어났다.
그렇다. 그는 평생 상을 받게 될 것이다. 평생 자신 위에 얹힌
이 금색 동그라미의 온기를 느끼게 될 것이다. 그의 평생은 매
사에 뛰어나기 위해 쏟아붓는 이 학구적인 진중함으로, 이 묵
묵한, 부단한 성실함으로 메워질 것이다. 그에게는 그의 전 생
애가 이 소중한 씁쓸함을, 월계수 잎의 바로 그 맛을 갖게 될
것이다! 자습실과 어두침침한 복도에서 벗어나면 저 멀리, 바
깥세상에는 어지러움을 불러올 정도의 온갖 향기로 가득한 바

람이 살랑거리는 대기가, 여름이, 오롯이 존재했다. 혹은 가을과, 우리 가슴 위에 올려놓은 손처럼 우리 목덜미에 와 닿는 갓 피어오른 몽롱한 안개가 존재했다. 파리가, 죄악—너무나 아름답고 너무나 끔찍해서 감히 상상이 되지 않는 죄악들—으로 가득한 파리의 밤들이 존재했다. 한 명 한 명에게 그 아름다움을 표현할 이름들을 붙여주고 싶을 정도로 너무나 아름다운 대지의 여인들이 이 대지 위에 존재했다. 그리고 열대의 태양이 휘황찬란하게 빛나고 있는 페르미나 마르케스의 두 눈동자도 있었다. 하지만 조아니 레니오는 해야 할 과제를 생각하면서 벽을 향해 고개를 돌려버렸고, 마음속 깊은 곳에서 그 모든 기쁨들보다도 더 큰 기쁨을 느꼈다.

그렇다. 세상 그 무엇도 그의 마음을 흔들어놓을 수는 없으리라. 그는 주의력이 분산되는 것을, 그것이 무엇이든지 간에 잠시라도 다정히 배려하기를 거부하면서 자기 내면에만 집중했다. 그는 자신의 지성의 한계를 명확히 알고 있었다. 레니오는 "그는 가능한 한 자기 자신의 모든 것을 이용했다"는 말로 끝나는 《벤자민 프랭클린의 생애》를 축약판으로 읽고 또 읽었었다. 그는 생각했다. '프랭클린은 내가 나 자신을 경멸하는 것처럼 자기 자신을 경멸했나 보다. 하지만 그 사람은 사람들의 눈에 위대하게 보이는 방법을 발견했지…… 그게 따라가야 할 길이야. 불평 없이.' 그는 자제했다. 페르미나 마르케스가 새로운 바람을 몰고서 학교에 모습을 나타냈을 때, 자신이 잠시라도 한눈을 판 것에 대해 스스로를 비난했다. 세상에서 가장 아름다운 두 눈도 그를 그 멋진 목표에서 벗어나게 해서는 안 되었다. 카이사르가 단 한 번이라도 갈리아족 수장들의 딸이나 아내를 사랑스럽게 바라봤던 적이 있었던가! 성벽 위에서 그 여인들이 가슴을 드러내며 애원할 때나, 전투가 벌어졌던 저녁에 총독의 캠프로 그 여자들을 한 떼거리 몰고 왔을 때, 그가 동정심으로 조금이라도 전율했거나 가장 아름다우나 가장 불행한 여인에 대해 잠시라도 욕망을 품었던 적이 있었던가? 그럼에도 불구하고 그 여인들은 전적으로 그의 것이었다. 또한, 그 여인들은 대머리에다가 키가 작고 수염을 바투 민 이 남자 안에, 자신들의 주인이 도사리고 있음을 너무나 잘 알아챘다! 조아니는 그런 종류의 장면들을 얼마나 수도 없이 상상해왔던가…….

그렇다. 카이사르처럼 그 자신도 사람들의 찬탄과 여인들의 사랑을 한 몸에 받을 운명이었다. 그 보답으로 누군가에 대해 찬탄하고 누군가를 사랑하는 것은 그에게 어울리지 않았다. 아니, 어쩌면 사랑은 할 수 있을지도 모른다. 하지만 그가 사랑할 수 있는 여인은 오로지 포로로 잡힌 여인, 그러니까 당신의 발치에서 벌벌 기고 두려움에 떨며 당신 손에 입 맞추는, 그렇게 굴욕을 당하고 애원하는 그런 여인이리라. 그렇다. 하지만 배경이 식민지인 소설 말고 다른 곳에, 실제로 그런 여인이 존재할까?

여자 형제가 없고 다 큰 소녀들과 어울릴 기회가 거의 없었던 레니오는, 애송이 청년의 수줍고 오만한 자존심에 엄청난 시련을 안겨주며 놀려대기 좋아하는 젊은 아가씨들에 대한 본능적인 두려움을 품고 있었다. 프랭클린이나 율리우스 카이사르 같은 남자들하고만 자신을 비교하는 소년에게는, 차를 따르면서 저지르는 실수나 혹은 새로 구입한 넥타이의 지나치게 요란스런 녹색을 놓고 놀려대는 말을 듣는 것이 아주 힘들게 마련이다. 원한에 가득 찬 레니오는 자신이 웃음거리가 되었던 상황을, '보잘것없는 어리석은 계집애들, 촌스런 말투로 잘난 척하는 시골뜨기 계집애들', 그 멍청한 소녀들이 자신을 놀려댔던 상황을 분명하게 기억해뒀다. 하지만 그 소녀들의 말투를 기억해두는 것만으로는 그의 자존심이 입은 상처에 대한 앙갚음으로 충분하지 않았다. 그랬다. 특히 열여섯 살이 다가올수록 그러한 생각이 새록새록 더해갔다. 진정한 복수라고 할 만한 것, 여자들에 대한 자신의 위치와 자신의 태도를 확고하게 내비칠 수 있는 것, 그것은 **유혹**이었다. 이 방법을 통해서 예전의 아이에서 남자가 될 것이다. 그때가 되면 드디어 얼굴을 붉히지 않고서도, 변함없이 무식한 그 '잘난 척하는 계집애들'에게 다가갈 수 있을 것이다. 또한 그 방법에 의해서 그는 새로운 종류의 승리를 경험하게 될 것이다. 조심성도, 수줍음도, 그 순진했던 세월도 모조리 자신에게 바치는 소녀를 보면서 남자가 갖는 느낌을 알게 되리라. '자신을 내주는 여자는 성(性)을 속속들이 드러내지 않겠는가?' 그렇다. 그런 여자를 한 명 유혹하기! 이런 생각을 하니, 정복자의 가슴이여, 너 정말로 거세게

뛰노는구나!

점심 식사 후, 레니오는 정원 구석에서 담배를 한 대 피면서 그런 생각을 하고 있었다. 바로 그 순간 마마 돌로레와 콜롬비아에서 온 아가씨들이 산책로가 꺾이는 곳에 모습을 드러냈다. 레니오는 서둘러 합류하였고 그들에게 인사하면서 마치 적이라도 바라보듯이 페르미나의 얼굴을 냉혹한 표정으로 바라봤다. 그는 막 이런 생각을 한 참이었다. '네가 바로 그 여자가 되지 말란 법이 어디 있겠어!'

그런데 그 생각의 무모함이 그에게 갑작스런 충격으로 다가왔다. 피가 몽땅 그의 심장을 향해 마구잡이로 역류하는 듯했다. 이 소녀는 그토록 아름답고 그토록 우아하며 그토록 위풍당당한 젊음으로 가득 차서, 감히 그는 그녀의 존재가 자신에게 불러일으키는 당혹스러움을 내비치지도 못하리라. 그러고는 꼭 그만큼의 갑작스러움으로 그의 의지가 다시 우위를 차지했고, 온통 들끓는 보다 더운 피를 혈관으로 다시 되돌려 보냈다. 오! 그래 볼 테다. 두고 보라지! 그는 소녀 옆에서 걷기 시작했다. 그가 실행하려고 했던 그 모든 것이 그의 정신 앞에 우뚝 솟아 있었다. 그는 주의 깊게, 첫 번째 키스와 그를 갈라놓고 있는 거리를 측정했다. 그런데 또 감행하지 못했다. 하지만 급할 건 전혀 없었다. 그런데 파르르 떨다가 뻗대기 시작한 그의 수줍음이 뛰어넘기를 거부하는 장애물이 하나 있었다. 그것은 산토스 이투리아 앞에 경쟁자로 나서는 데 대한 두려움은 아니었다. 오히려 그 반대다. 그, 레니오가 패배할 게 뻔한 싸움으로 끝이 난다 하더라도 학교 영웅에 맞서서…… '그것도 여자를 놓고서' 홀로 대항했다는 엄청난 영예는 그에게 남을 테니까. 그리고 사람들이 그를 아이 취급하고, 그의 나이를 들먹이며, 그를 얕잡아 볼지도 모른다는 생각 또한 아니었다. 게다가 페르미나 마르케스는 그보다 고작 한 살 더 많을 뿐이었다. 그렇다면, 그 장애물이 그 자신의 소심함 속에 존재하는 것이 아니라면 달리 어디에 존재하겠는가? 어쨌든 그에게 용기가 부족하지는 않았다. 모든 게 시작하기에 달렸다. 그리고 그것은 쉬울 터였다. 고전 작가들의 작품을 읽어보아도 자고로 애인들은 자신이 품은 사랑의 불꽃을 고백하는 데 전혀 당혹스러워하지 않는 것 같았다. 그리고 산토스와 오르테가, 그 둘 말고도 상급반의 다른 학생들은 뻔질나게 속옷 상점에 가서 점원 아가씨들을 돌아가며 안아봤다. 물론, 고작 속옷 가게 아가씨들이긴 했다. 그런데 어느 날 아침, 구내식당에서, 지난번 성 샤를마뉴 축제 때 초대받은 아가씨들 손에 연애편지를 슬쩍 쥐여줬노라고 파블로가 자랑을 했다. 그랬다. 연애편지를, 그것도 부모들 코앞에서. 심지어 편지를 받은 아가씨들 가운데 어떤 아가씨는 답장도 했었다지. 신사로서 그것에 대해 더 자세히 말할 수는 없었다.

답장을 했단다.

'그렇다면 나, 내가 왜 주저하겠는가?' 레니오는 이렇게 생각했다.

IX

그는 그 모든 것에 대해 다시 곱씹어보고, 생각을 정리해보고, 자신의 결심이 얼마나 단단한지 시험해보려고, 하루 일과의 마지막인 저녁 자습 시간을 기다렸다. 그날 저녁에는 학교에 근무한 지 일주일째인 젊은 복습교사 르브룅 씨가 처음으로 감독을 맡았다. 처음 이 일을 맡는 젊은 복습교사가 느끼는 불안과 초조함은 쉽게 상상이 가지 않는다. 흔히들 초짜 복습교사가, 열다섯 살에서 열일곱 살 사이의 마흔 명가량의 남자아이들을 약간 내려다보는 위치에서, 벽에 붙여 놓은 의자에 홀로 앉아 있는 자신의 모습을 보면, 일종의 현기증에 사로잡히게 된다는 것은 생각도 하지 못한다. 르브룅 선생은 유난히 흥분된 상태였다. 하급반 감독으로 들어갔을 때 학생들이 '끔찍할 정도로' 소란을 떨며 야유를 보냈고 바로 그 때문에 보다 진지한 분위기의 자습반, 그러니까 고등학교 1학년과 수사학반의 학생 일부가 들어오는 자습반 감독을 요구했었다. 레니오는 이 새로 온 복습교사가 자신이 빈둥거려도 감히 방해하지 못하리라고 생각했고, 편하게 책상 위에 팔꿈치를 세운 채 몇 시간 전부터 그의 정신을 빼앗은 사건에 생각을 집중했다.

우선, 극복해야만 할, 그 소심함이란 것이 있었다. 하지만 이젠 더 이상 소심함이라고 할 수 없었다. 그건 공포였다! 그의 눈을 멀게 하며, 말하거나 혹은 행동할 수 있는 가장 좋은 기회를 놓치게 만들고 말, 그런 공포였다. 그가 정말로 사랑에 빠지지 않은 것이 유감스러웠다. 만약 그랬다면 이번 정복은 쉬우리라. 하지만 이번에 하려는 일의 어려움을 앞에 놓고 다정함이나 상냥함의 감정은 모조리 사라졌고, 페르미나 마르케스를 생각만 해도 짜증이 났으며, 심지어 고통스럽고 모욕적이기까지 했다. 참을성을 발휘해 말이 무서워하는 대상 가까이로 계속 말을 끌고 가듯이, 조아니는 그의 머릿속에 들어 있으며 결국에는 더는 참을 수 없다고 여기고 만 페르미나의 이미지 앞으로 자꾸 자신의 의지를 데려갔다.

"흠. 군은 왜 아무것도 안 하고 있지?"

"저요, 선생님?" 레니오가 정신이 번쩍 들어서 대답했다.

"그래, 자네! 이름이 뭐지?" 르브룅 선생이 단호한 목소리를 내려고 애쓰면서 물었다.

"레니오입니다."

"좋아. 레니오 군. 공부하도록 하게."

르브룅 선생은 학생 지도에 열을 올렸다. 하급학생들 자습을 감독할 때는 학생들의 도발을 기다렸었다. 여기에서는 선제공격을 하여 자신에게 함부로 굴지 못하게 할 생각이었다. 그는 쉼 없이 누군가에게 정숙 명령을 내렸다. 자신이 상대하고 있는 학생이 모범생인지 아니면 게으름뱅이인지도 모른 채, 자신을 열등생 취급하는 소리를 듣는 데 익숙하지 못한 학생들을 꾸짖어댔다. 그리고 그는 그날 저녁 완벽하게 게으름을 피우는 레니오에게서 자습실 최고의 열등생을 보고 있다고 생각했다.

조아니는 어깨를 으쓱하고는 계속 자신의 생각에 빠져들었다……. 그렇다면 대체 이 소심함의 원인은 무엇인가? 가장 주요한 원인은 분명 그 생각—그의 어머니와 집안 여자들 전부가 그의 머리에 주입시켰던—, 즉 확고부동하며 근본적인 차이가 정숙한 여인들과 나머지 여인들을 갈라놓고 있다는 생각이었다. 말하자면 그들은 두 개의 서로 다른 성(性)이었다. 한 부류는 존중했다. 하지만 나머지 부류에 대해서는 "돈을 주고 샀다"라고 하면 다 말한 셈이었다. 그의 어머니와 그 주변의 부르주아 여인들이 갖고 있는 이러한 의견은 결정적이고 전적인 것이었다. 하지만 레니오에게서는 그가 받은 교육에 의해서 이미 그러한 생각이 자연스레 훼손당하기 시작했다. 사실 전적으로 부르주아적인 이러한 구분은 위대한 작가들에게서는 찾아볼 수 없다. 그들은 죄를 쌓은 여자든 부덕을 쌓은 여자든 간에 구별을 두지 않고 찬양했다. 심지어 열정과 방탕으로 유명했던 여자들을 여주인공으로 더 선호하기까지 했다. 메데이아, 카르타고의 여왕 디도, 페드라. 가끔 조아니는 이 위대한 사랑스런 여인들과 집에 차를 마시러 오는 부인들 사이의 괴상망측한 차이점을 생각해내며 즐겼다. 정숙한 여인의 특색은 못생김, 어리석음, 중상모략이었다. 반대로 다른 여인, 경멸의 대상인 다른 여인은 아름답고 지적이며 너그러웠다. 보나 마나 이런 식의 구분을 해놓고 자신의 이익을 위해서 그러한 구분을 배우자에게 강요했던 것은 수컷, 신혼 초의 남자였을 것이다. 그리하여 남성의 지배 아래 들어간 여성은, 양치기가 능숙하게 몰고 다니며 어찌나 호되게 질책을 했는지 스스로 치안을 유지하며 고분고분하지 못한 양들은 모두, 옴에 걸린 암양들은 모두, 자발적으로 자신의 무리로부터 내쫓아버리는 양 떼와 똑같았다. 조아니는 이러한 법이 정당한지 아니면 부당한지, 여자가 그런 법에 따르는 것이 여자에게 이익인지 아닌지에 대해서는 궁금해하지 않았다. 하지만 그는 여자가 자신의 영원한 주인, 가부장시대의 인색한 소유주, 고대 로마에서처럼 아내에 대한 권리를 행사하는 배우자에게 분별없이 속아 넘어가서 이 법을 따른다는 사실은 인정했다. 결국, 차이는 크지 않았다. "한쪽은 복종하는 처녀들이라고 불리고, 다른 쪽, 예를 들자면 나의 어머니와 그 친구들은 복종하는 유부녀들이다. 그게 다다." 조아니는 이 표현에 만족했다. 그는 자신이 열다섯 살에 이런 종류의 생각들을 한다는 것이 자랑스러웠다. 그는 그런 생각들이 신선하고 대담하다고 생각했다. 동시에 그의 속에 들어 있던 경건한 아이가, 그런 생각에서 풍기는 자기 어머니에 대한 불경스러운 그 무언가에 대해 오래된 조심스러움으로 그를 비난하였다. 그랬다. 레니오에게 있어 정숙한 여인이란 개념은 이미 엄청난 손상을 입었다. 하지만 여전히, 두 가지 양육방식을 근본적으로 구분 짓는 형식으로 살아남아 있었다. 마지막 순간에 모든 차이들은 바로 이것으로 귀결되었다. **반듯한** 여자와 그 나머지가 있었다. 그리고 그가 보기에 소녀들의 매력 포인트, 그것은 그녀들이 제3의 무리를 형성한다는 것이었다. 그녀들은 아직도 선과 악 사이에서 선택을 해야 하는 입장이었고 선과 마찬가지로 악에서도 매력을 끌어내고 있었다. 페르미나 마르케스는 소녀였다. 바로 그 점이 조아니를 흔들고 있었다. 그는 상대가 젊은 유부녀라면 자신이 무슨 일인들 못 할쏘냐는 생각이었다. 뭐, 까짓, 그 남아메리카 아가씨를 유혹해보려는 이유만 더 늘었다……. 물론, 어찌 되었든, 그가 사랑에 빠지지 않는 편이 더 나았다. 무슨 일이 있어도 빠져들어서는 안 되는 것이 감상적인 어리석음이었다. 그 증세는 이렇다. 소설에 나오는 싸구려 문장들을 되낸다, 소네트를 지어보려고 낑낑댄다, 그렇게 탄생한 소네트는 아르베르의 소네트*와 거의 흡사하다, 그리고 몽상에 잠긴다. 이 모든 것의 결과는 잃어버린 시간일 뿐이다. 그래서는 안 된다. 조아니는 모범생의 서두르지 않는 꼼꼼함과 고집스러운 근면함으로 이 유혹 프로젝트에 임해야 했다. 그에게 필요한 것은, 냉철하게 계산하고, 사건들을 주시하고 있다가 기회를 포착하는 것이었다…….

그런데 자습 시간이 점점 소란스러워져 갔다. 혼비백산한 르브룅 선생의 질책이 끊이지 않았다. 조아니의 귀에 옆에 앉은 학생이 구시렁대는 소리가 들렸다. "저 얼간이는 조용히 공부하게 내버려두지를 않네."

"레니오 군. 자네는 그렇게 계속 아무 일도 안 할 건가?" 르브룅 선생이 사납게 물었다.

"지금 깊이 생각하는 중입니다." 조아니가 대답했다. 자습실 전체에서 요란스러운 웃음소리가 터져 나왔다. 반의 수석이 자습감독을 우롱하는 소리를 듣고 학생들 전체가 용기백배했다. 소란과 야유가 자리 잡았다.

"쥐니가 군. 언제 옆의 학생과 떠드는 것을 그만둘 건가?" 자습감독이 소리를 질렀다.

"자, 자. 몽트메요 군!"

"제요? 제는 얌전하게 있습니다. 생선님!"

"그럼, 자네. 그래, 거기, 자네. 이름을 대게."

"후안 베르나르도 데 클라라발 마르티 데 라 크루스 이 델

*펠릭스 아르베르(Félix Arvers)의 〈아르베르의 소네트〉는 1833년 《나의 잃어버린 시간들(Mes heures perdues)》이라는 시집에 실렸고, 그 뒤, 이 소네트는 19세기에 대중적으로 인기가 가장 많았던 소네트 가운데 하나로 손꼽히게 되었다.

밀라그로 데 라 콘차."

이제 웃음소리는 거의 고함에 가까워졌다.

이런 소란 속에서 조아니는 흥분됐다. 싸우고 싶다는 열망이, 페르미나 마르케스에 대한 자신의 소심함을 우스워 보이게 만드는 대담함이 생겨났다. 그는 아주 간단한 계획을 하나 짰다. 우선 《신(新)엘로이즈》 첫 부분에 등장하는 편지 같은, 존중과 다정함이 담뿍 담긴 아름다운 편지를 쓰리라 생각했다. 그러고 나니, 짤막한 쪽지가 더 낫지 않을까라는 생각이 들었다. 그러다가 마지막으로 아무 글도 쓰지 말고 그저 친구로, 마르케스 집안사람들 모두의 친구로 나타나야겠다고 결심했다. 우선 마마 돌로레의 신임을 얻는 것이 반드시 필요했다. 그 목적을 위해서 마마 돌로레의 조카와 친구가 되고 그의 보호자가 되어야 했다.

안 그래도 마침, 응석받이인 막내 마르케스가 급우들과의 관계에서 아주 서투르게 처신하고 있었다. 마르케스는 생토귀스탱을 호텔처럼(그가 보고타를 출발한 뒤로 머물렀던 영국과 프랑스의 호텔들에 비해 사실 그 호화로움이 훨씬 덜하긴 했지만), 그러니까 돈을 내고 서비스를 제공받는 호텔처럼 생각했다. 그리고 마마 돌로레는 그에게 너무 많은 용돈을 주었다. 마르케스는 주먹질을 하는 급우들의 짓궂은 장난을 받아들이는 대신에 이리 하면 자신을 가만히 내버려둘 거라는 희망을 품고서 달달한 사탕들을 나눠줬다. 불행하게도 그런 술책의 결과는 그가 바랐던 대로가 아니었다. 장난이 더욱더 짓궂어졌다. 그러자 마르케스는 급우들을 비렁뱅이, 거지새끼 취급을 하며 자기 아버지가 얼마나 부자인가를 자랑했다. "우리는 우리 배를 타고 사우샘프턴까지 갔다고." 그가 잘난 척하며 떠들어댔다. 어느 날 드디어 아이들이 마르케스를 교정에 설치된 펌프 밑으로 끌고 가서 샤워를 시켜버렸다. 마마 돌로레가 학생 감독관에게 항의를 했다. 마르케스에게 물벼락을 내린 아이들은 격리 조치되었다. 마르케스는 학대란 학대는 다 받았다. 그는 밤 시간 대부분을, 베개에 얼굴을 묻고 터져 나오는 울음을 억누르는 데 보냈다. 그 아이는 이미 살이 쏙 빠진 상태였다. 레니오라면 단 며칠 만에 이 모든 사태를 정리할 수 있었다. 레니오는 그렇게 할 것이다. 그것이야말로 그 집안에 스며들어 갈 수 있는 가장 적절한 방법이었다. 그 뒤엔 두고 볼 일이다……. 여름 방학이 시작되려면 아직 두 달 반이 남은 시점이었다.

무척 흥겨워진 조아니는 벌떡 일어났다. 그는 즐거움이 뒤섞인 초조함을 느꼈는데, 그런 감정은 여태 단 한 번 느껴봤었다. 지난 부활절 방학 때, 이탈리아로 출발하기 전날에 그랬다. 제자리에 있을 수가 없었다. 할 수만 있었다면 고래고래 노래라도 불렀을 것이다.

레니오는 르브룅 선생에게 허락도 구하지 않고서 지리학자 슈라데르가 만든 지도책을 가지러 자습실 도서관으로 갔고 콜롬비아의 지도를 찾아 책장을 뒤적거렸다.

"레니오 군. 허락도 없이 자리를 떴기 때문에 태도 점수 0점
이 나갈 것이다."

조아니는 경멸하는 듯한 미소를 지었다. 조아니는 마치 콜
롬비아로 여행이라도 할 계획인 사람처럼 콜롬비아 공화국의
지형을 꼼꼼하게 연구했다. 주요 항구는 카리브 해안에 있는
데, 카르타헤나라고 불렀다. 페르미나도 바로 이곳에서 출발했
을 것이다.

학생들은 학급 수석에게 0점을 준다는 소리는 처음 듣는 거
라서 깜짝 놀랐고, 한순간 자습실은 조용해졌다. 모두 호기심
을 갖고서 레니오의 표정을 살폈다. 하지만 르브룅 선생은 자
신의 우위를 계속 다져나갔다. 그는 "태도 점수 0점"을 수없이
남발했다. 그리고 학생들의 야유는 배로 격렬해졌다. 자습실
저 끝에 자기 자리가 있는 파블로 이투리아는 책상 뚜껑을 열
었다가 확 놓아버려 쾅 소리가 나게 하고는 자습감독에게 에스
파냐어로 고함을 질러댔다.

"카야, 옴브레, 카야(닥쳐, 이 자식, 닥치라고)!"

조아니는 여전히 미소를 띤 채 자기 자리로 돌아갔다. 그는
자신감으로 충만했다. 특히 무슨 일이 닥치든지 간에 자기 자
신은 아주 안전하다고 느꼈다. 그는 이렇게 생각했다. '최악의
경우를 가정해도, 누군가 백만장자의 딸을 유혹했다고 나를 나
무란대도 그게 우리 아버지일 리는 절대로 없어.' 그로서는 자
기 앞에 놓인 삶 전체가 고갈되지 않는 성공과 행복의 저장고

인 양 여겨졌다.

"레니오 군. 태도 점수 0점뿐만 아니라, 이 일에 대해 학생 감독관에게 보고가 올라갈 거다."

그때까지 조아니를 떠받치고 있던 흥분 상태의 즐거움이 갑자기 툭 가라앉았다. 그런 최악의 점수와 보고서라면, 우등생 명부에서 탈락되는 건 시간문제였다. 벌로 방과 후에 남아야 하고, 우등상도 잃게 되고, 학업에서 쌓아올린 경력을 망치게 된다! 안 된다. 그럴 수는 없었다! 레니오는 정신을 차렸다. 행동해야 했다.

그는 선배 세대에 속했고, 지금 하급반에 있는 학생들이 그의 넘어설 수 없는 대담함과 남성다움을 기억하게 해줘야만 했다. 앞으로 그가 하려는 일을 통해, 자신의 이름은 그 유명한 세대를 대표하는 가장 유명한 학생들인 이투리아 형제와 오르테가, 이 두 이름과 맞먹게 될 것이다. 그게 아니어서, 만약 그가 실패한다면 모든 사람들은 그를 배신자 취급을 할 테고, 그는 따돌림을 당하게 될 것이다. 아니, 그럴 것도 없이, 그저 간단하게 퇴학당할 것이다. 단 한순간도 자신 때문에 르브룅 선생의 경력이 망가지고, 경영진이 그에 대해 해고 조치를 취할지도 모른다는 생각은 들지 않았다. 그가 내린 행동방침이 교실을 한 바퀴 돌았다. "야유를 계속할 것. 나는 학생 감독관을 불러오겠다."

그러고는 인내심이 바닥난 자습 감독교사가 그에게 던지는 빈정거리는 말에 일언반구 대꾸도 없이 교실 밖으로 나갔다.

"자네는 문밖으로 쫓겨나기를 기다리지는 않는군. 스스로 알아서 나가는 걸 보니, 그런 일에 익숙한가 보군."

레니오는 교정과 정원을 가로질러 가서, 학생 감독관이 가족과 함께 살고 있는 별채의 문을 두드렸다. 중등학교 최고 권력자와의 면담 자리에서, 레니오는 새로 온 자습 감독교사가 담당한 자습실에서 지금 무슨 일이 벌어지고 있는지를 이야기했다. 평소대로 진지한 분위기로 자습을 하고 있었다. 불평할 거리라고는 전혀 없었다. 르브룅 선생이 이 모든 무질서의 유일한 원인이었다.

학생 감독관은 조아니의 변론을 심각한 표정으로 들었다. 이러한 행보는 특별한 것이었다. 그걸 한 학생은 학교의 최우등생들 가운데 한 명이었다. 학생 감독관은 결정적 판단을 내리기를 망설였다. 그는 몸소 현장을 보고자 레니오를 따라갔다. 그리하여 레니오는 약속했던 대로 학생 감독관을 데리고 나타났다. 이것만 해도 반 넘게 성공한 셈이었다. 그들이 들어가 보니, 학생 전체가 일어나서 자습 감독교사에게 야유를 보내고 있었다.

갑작스러운 침묵. 레니오는 급우들과 르브룅 선생이 보는 앞에서, 감독교사에 대한 비난을 되풀이한다. 그는 차분하나 확고한 목소리로 말을 이어가고 학생 감독관은 레니오의 말을 중단시키지 않는다. 가끔씩 르브룅 선생이 항의를 하지만 어설

프기 짝이 없다.

"이투리아 군이 에스파냐어로 저를 모욕했습니다!"

"거짓말입니다!" 파블로가 응수한다.

"선생님께서 방금 저희를 '불량배'라고 불렀습니다!" 어떤 학생인지 목청을 높인다.

레니오가 마무리를 짓는다.

"징계와 형편없는 점수를 남발한 르브룅 선생이 이 모든 소란의 유일한 원인입니다. 학생 감독관님, 이 사실을 르브룅 선생에게 이해시키는 수고를 직접 맡아주시면 고맙겠습니다."

학생 감독관은 겉으로 드러난 것보다 실제로는 훨씬 더 당혹스럽다. 학생들이 화가 잔뜩 난 게 훤하게 보인다.

"제군." 그가 말을 꺼낸다. "내가 여기 온 것은……."

학생 감독관의 말은 학생들의 박수 소리에 중단된다. 그것은 존경과 감사, 신뢰를 보여주는 조심스러우며 간결한 박수다.

학생 감독관은 세상 그 무엇을 준다 해도, 남아메리카 출신의 기숙생들, 그가 "나의 토레아도르들"이라고 부르는―물론, 가장 친밀한 사이에서만 사용하지만―그 기숙생들과 대립 상태에 놓이고 싶어 하지 않을 것이다. 그가 입을 열자마자 학생들은 그가 타협적으로 나올 것이며 관대함으로 넘치리라고 예견한다.

"고등학교 1학년 학생들과 수사학반 학생들은 마치 초등학생 같은 처신을 보여준 것에 대해서 수치를 느껴야 합니다……. 동생 이투리아 군은 상대방이 전혀 이해하지 못하는 언어로 상대방에게 말하는 것이 아주 무례한 일이라는 사실을 깨달아야 할 겁니다……. 르브룅 선생님께서 엄격한 태도를 보여주신 것은 옳았습니다……. 그리고, 레니오 군이 모범생으로서의 권위를 활용하여 지금 자습실에서 무슨 일이 벌어지고 있는지를 학생 감독관에게 알린 것은 아주 잘한 일입니다. 앞으로, 학생 감독관으로서의 개인적 확신을 말한다면, 자습실에서는 규율이 준수될 것입니다. 르브룅 선생님은 뛰어난 분이시고, 성실하시며, 엘리트의 지성을 갖춘 분입니다. 학생 감독관은 스승과 제자 사이에 일종의 공감대가 형성되는 것을 볼 수 있기를 바랍니다. 학생 감독관은 공감대가 빠르게 자리 잡으리라는 것을 믿어 의심치 않으며, 그러한 공감대는…….

게다가 수사학반 학생들은 앞으로 시험이 두 달도 채 남지 않았습니다. 따라서 그 어느 때보다도 더 근면하게 학업에 임해야만 합니다……. 르브룅 선생님이 매긴 점수와 처벌은 유지될 것입니다. 하지만 학생들의 행실에 만족한다면, 르브룅 선생님께서는 주말에, 얼마든지 그 처분들을 무효화시키실 수 있습니다……. 이번 상황은 이제 종료됐습니다.”

학생 감독관은 르브룅 선생과 악수를 나누고는 그를 복도로 데리고 나가 잠시 지체하다가 가버린다.

르브룅 선생은 학생들이 진정된 것을 보고 놀란다. 학생 감독관의 점잖은 말이 이런 엄청난 변화를 낳았다. 그렇다 하더라도 그는 자습생과의 투쟁에서 패배한 것이다. 교칙에 따르면 자습실 전원은 외출금지고, 선동자들은 근신해야 하고, 레니오는 학교 징계위원회에 회부되어야 할 것이다. 그런데 처벌과 0점 처리가 철회되리라는 건 기정사실이다. 몇몇 불량학생들은 아마도 이 소란이 그토록 빨리 종결된 것에 대해 유감스러워할지도 모른다. 하지만 대부분의 학생들은 레니오의 개입이 만족스럽다.

먼지가 아직도 교실에 떠돌고 있다. 눈이 매워지고 사람을 흥분시키는, 전투를 치른 뒤의 먼지. 조아니는 자기 자리에 서서 몇 마디로 사건을 정리하고, 학생 감독관의 타협적인 발언들을 상기시킨 뒤, 거의 사과라도 할 기세인 르브룅 선생에게 악수를 청하러 간다. 오늘 저녁 점수는 끝내주게 좋을 거다! 이번에는 파블로가 강단으로 다가가 몇 분 동안 낮은 목소리로 르브룅 선생과 이야기를 나누며 둘 사이의 분쟁을 정리한다.

조아니는 모든 이의 눈에서 자신의 승리를 읽어낸다. 학생 감독관은 자신의 예외적인 행보를 밀고 행위로 간주하는 척했지만, 누구도 그것에 속지 않았다. 그건 대단한 성공이다. 남아메리카 학생들은 그 일을 열렬히 지지한다. 하지만 중요한 것, 그건 조아니가 우등생 명부에서 자기 이름이 사라지게 했을 수도 있는 형편없는 점수를 받지 않을 거라는 사실이다. 지갑에 든 돈 전부를 걸었다가 마침내 돈을 딴 노름꾼처럼 조아니는 약간 어리둥절한 상태고, 대뜸 기쁨을 터뜨리기에는 지나치게 기쁘다.

그런 일을 하고 나니 이제 모든 것이 너무나 쉬워 보인다! 페르미나가 지금 여기 있다면 사랑의 고백을 벌써 해치웠을 것이다. 하지만 역시, 급할 건 아무것도 없다. 유혹이란 건 체계, 인내, 철저한 계산의 소산이다.

'**거기에다가** 우등상까지.' 얼마나 근사한 학년 말이겠는가……!

북소리가 학생 모두를 구내식당으로 불러들였다. 재빨리 밤참을 먹고 나서 다시 자습실로 돌아가서, 15분 정도 공부를 하고 기도를 올리고 나자, 다시 울린 북소리가 잠잘 시간임을 알렸다. 그러자 학생들이 침실로 올라가면서 떠드는 소리가 복도와 계단을 가득 메웠다. 조아니는 중학교 2학년들이 지나가기를 노리고 있었다. 하급반 학생들이 먼저 상급반 앞을 지나가고, 그 뒤로 자습실 벽 앞에 서서 기다리고 있던 상급반 학생들이 마지막으로 올라갔으니까. 발소리와 말소리가 들리더니, 빽빽하게 열을 지은 하급생들이 활발한 몸짓으로 지나가는데, 어둠을 벗어나면 여기저기에서 커다란 두 눈들이 번쩍거렸다. 농담, 오고 가는 미소, 하급생이 상급생에게 건네는 잘 자라는 인사, 이 순간이 하루 중 모두가 다정하고 선량해지는 유일한 순간이었다. **중2짜리**들이 지나갈 때 레니오는 그들의 대열로 끼어들었고, 맨 앞에서 걷고 있던 막내 마르케스를 따라갔다. 계단에서 갑작스러운 혼란이 발생했다. 누군가 마르케스를 앞질러 가면서 그 아이를 거칠게 밀쳐버렸고 그 바람에 마르케스가 넘어진 것이었다. 때맞춰 레니오는 마르케스에게 다가갈 수 있었고, 아이가 일어서는 것을 돕고 계단에 떨어져 굴렀던 베레모를 주워서 내밀었다. 마르케스는 모자를 받고 고맙다는 말을 더듬거렸고, 계속해서 계단을 올라갔다.

"이 엘 파뉴엘로 탐비엔(여기, 손수건도)." 레니오가 막 주워 올린 마르케스의 손수건을 내밀면서 에스파냐어로 말했다.

막내 마르케스는 처음으로 레니오를 쳐다봤다. 그 아이의 눈길에는 놀라움이 가득했다. 마르케스는 서글프게도 미소를 지어 보이려고 애를 썼다. 그 순간 조아니는 더 이상 망설이지 않았다. 조아니는 마르케스의 손을 잡고 그 아이를 향해 몸을 기울이더니 끌어안았다. 마르케스는 버둥거리며 빠져나가려고 했다. 자존심 때문에 반발했다. 하지만 이 학교에 들어온 뒤로 심술궂은, 심지어 잔인한 행동에 수도 없이 부딪혀왔던 터라, 이런 다정함의 표시—**상급생**이 보여준—앞에서 그의 용기와, 고통에 대한 완전한 체념이 전부 사라져버렸다. 그는 자신을 내맡겼고, 친구의 가슴팍에 머리를 기대며 자신의 모든 고통을 눈물로 쏟아내었다.

어쨌든 두 사람은 서로 얼싸안은 채 학생들 사이에 섞여서 계단을 계속 올라갔다. 레니오는 이런 상황에 적합한 말을 찾고 있었다. 하지만 전혀 생각나지 않았다. 그는 승리의 기쁨에 사로잡힌 상태였다. 레니오는 자신의 침착함, 위로자 역할을 하면서 자신이 보여준 완벽함을 음미하는 중이었다. 레니오는 막내 마르케스를 이렇게 엉거주춤 품은 채 자신이 갑자기 웃음을 터뜨린다면 무슨 일이 벌어지게 될지 생각했다. "범죄를 저지른 와중에 고요한 평화를 맛본다"는 것이 아마도 이런 것이었겠지. 그래, 아주 잘한 거야! 말은 모든 걸 망치기나 할 테니. 그는 자신이 지금 존재하는 그 모든 것들보다 위에 있다고 느꼈고, 자신이 달래주고 있는 아이의 절망을 경멸했다. 그는 생각했다. '하지만 **이 아이의 누이가** 우리를 본다면?' 그는 자기 마음이 삭막하다는 사실에 대해 환희를 느꼈다!

중2 공동침실 앞에서 레니오는 한 번 더 마르케스를 포옹했고, 뜨거운 작은 손을 꼭 쥐어준 뒤, 단순하기 이를 데 없이 "내일 보자, 파키토"라고 속삭였다. 그 두 사람에게 주의를 기울인 사람은 아무도 없었다.

레니오는 매일 저녁 잠들기 전에, 그날 하루 자신이 한 말과 행동을 되짚어보고 평가하는 습관이 있었다. 그는 자신의 말과 행동을 냉정하게 검토했고 그에 대해 어떠한 변명도 하려고 들지 않았다. 그런데 그날 저녁, 레니오는 자신이 만족할 만한 거리가 처음에 생각했던 것보다 적다는 것을 알아챘다. 자습실의 혼란에 개입한 행위는 그가 처음 그럴 생각을 하면서 머릿속으로 그려봤던 그런 영웅적인 행위가 아니었다. 거기에는, 정확히 어느 지점이 그렇다고는 말할 수 없지만, 위선이 존재했다. 이투리아 무리는 학교 사회에서의 명예라는 것이 무엇인지에 대한 정확한 개념을 갖고 있어서, 절대 그런 식으로는 행동하지 않았을 것이다. 결국 자기 자신의 이익을 위해, 자신이 받아 마땅한 나쁜 점수를 백지화시키려고 급우 전체를 무거운 처벌의 위험에 노출시켰다. 모든 일이 잘 풀려나가서 다행이었지만, 그가 학생 감독관에게 자기 성격의 비열한 측면을 보여줬다는 것은 확실했다. 학생 감독관의 연설은 그 어휘와 표현을 잘 살펴보면 겉으로 나타난 것보다 훨씬 더 미묘했기 때문이다. 물론, 학생 감독관은 '이 모범생'의 마음속 깊은 곳에 비열한 오만함과 관련된 그 무엇이 있다는 것을 대번에 알아봤다. '이런! 빌어먹을! 이제 난 찍혔구나.'

하지만 학생 감독관이 그를 경멸한다 해도 그 경멸이 그의 학업 성취에 장애물로 나타나지 않는 이상, 자신이 그런 경멸을 받아 마땅했다는 것이 무에 그리 중요했겠는가? 조아니는 위선이 드러나지 않을 정도로까지 위선을 밀고 나가지 못했다는 것을 후회했을 뿐이다. 그는 만약 자신이 우등상에 대한 권리를 지키기 위하여 비열한 행동을 해야만 했다면, 아무런 후회 없이 그런 행동을 저질렀을 거라고 생각했다. 자신에게서 완벽하게 올곧은 성격을 발견하지 못하자 불만에 빠진 조아니는 그 반대편 극단으로 뛰어들었고, 자신을 멜로드라마에 등장하는 배신자로 바라보면서도 불쾌감을 느끼지 않았다.

하지만 페르미나 마르케스에 생각이 미치자, 그러한 의식의 검토는 방향을 틀게 되었다. 페르미니타에 대한 생각은 해볼 수 있는 가장 아름다운 생각이다. 그리고 또, 페르미니타의 사랑을 받고 싶다는 욕망이 있다. 하지만 그녀를 눈에 담고, 아니 그녀와 알게 되고, 아니 그녀를 알았던 것만으로도 어떤 존재 전체가 아름다워지기에 충분하다. 여객선들은 대서양을 횡단하며 오간다. 훗날, 성인 남자가 된 우리가 남아메리카 대륙으로 갈지도 모른다. 우리는 그곳에서 페르미나 마르케스를 바라보았던 그런 눈으로 모든 여인들을 바라보리라. 리마의 여인들이 여인들 전체를 통틀어 가장 다정하다는 속담도 있지 않은가. 그리고 아르헨티나 공화국의 대중적인 연가들은 또 어떻고. 〈비달리타〉라는 연가가 생각나는데, 그런 연가들은 어찌나 사랑스럽게도 절망적인지……! 조아니가 자신의 운을 냉정하게 계산하고 있는 이 순간, 처음으로 벌을 받아서 혹은 자기보다 더 힘센 급우가 못살게 굴어서 슬픈 마음으로 잠자리에 든 어린 사내아이들 모두에게는, 페르미나, 당신이 존재하고 있다는 생각만으로도 위로가 되기에 충분하다……. 그리고 아르헨티나 연가들과 하바네라의 가사들은 전부 당신을 위해서 탄생했다는 것 또한 확실하다.

다음 날 첫 번째 쉬는 시간에 막내 마르케스가 레니오에게 다가왔고, 레니오는 자기보다 나이 어린 소년이 진심으로 자신을 좋아해줄 때 젊은이가 느끼게 되는 감정 전부를 알게 되었다. 그렇지만 결국, 그것은 그가 맡은 역할일 뿐이었고, 그는 감동에 마음을 내주려고 하지 않았다. 적절하게 몇 대 패주니 마르케스를 박해하던 자들이 물러갔다. 2주 후, 앞서 이야기했던 사건들의 여파로, 레니오는 마마 돌로레가 외국인에게 줄 수 있는 최대한의 애정과 신의를 갖게 되었다. 생토귀스탱 정원에서 마마 돌로레가 산책할 때 유일하게 같이 있을 수 있는 사람. 그리고 거의 곧바로 페르미나 마르케스의 유일한 속내 친구가 되었다.

X

마마 돌로레는 곧 젊은이들을 자기네들끼리 내버려뒀다. 두 젊은이와 함께 있으면 마마 돌로레는 심심해했다. 마마 돌로레는 필라르와 막내 마르케스 사이에서 담배를 피워대며 천천히 걸었고 말을 거의 하지 않았다. 그녀는 자기 조카딸을 지칭할 때는 에스파냐어로 '소녀(치카)'라고 불렀고, 조아니와 페르미나에게 미리 일러뒀었다.

"두 사람 프랑스어로 대화하는 거죠? '치카'가 프랑스어를 완전무결하게 말할 수 있어야 해요."

조아니는 기꺼이 그러한 바람을 받아들였다. 그는 자기 나라 말을 하면서 상대방에 대해 두 가지 이점을 가지게 되었다. 자신의 말에 끝없이 미묘한 의미를 부여할 수 있었다. 그리고 페르미나가 실수를 하면 고쳐줄 수 있었다. 그리고 페르미나,

그녀는 보다 제한된 어휘를 사용할 수밖에 없으니 자신의 생각을 보다 소박하게 표현하리라.

첫날은 그 하루만으로도 연애 사건처럼 아름다웠고, 어찌나 열정적이고, 어찌나 즐겁던지, 특히 어찌나 즐겁던지, 저녁이 되자 조아니는 오후 내내 심하게 웃고 떠들다가 축제일이 혹은 야유회가 끝나게 되면 찾아드는, 묵직하고 막연한 그러한 슬픔으로 넘쳐났다. 그는 휘황한 몇 시간 동안 자기 자신으로부터 벗어났다가 이제, 마치 저녁때 연극을 보고 나와 텅 비고 어두운 집으로 다시 돌아가는 남자처럼 자신의 영혼 속으로 다시 돌아갔다. 그가 떠나온 장소는 너무나 환했기 때문에 자신의 일상으로 다시 들어갔을 때 더는 아무것도 분간이 되지 않았다. 그는 순간 머뭇거렸다. 이전에는 자신을 자신의 삶에 그토록 강력하게 연결시켜주던 것을 더는 찾아내지 못했다. 평소의 관심사도 더는 그의 흥미를 불러일으키지 못했다.

그는 시작해놓고 끝을 못 낸 그리스어 번역에 다시 착수하려고 했다. 티르타이오스*의 시 한 편이었는데, 무척 아름다워서 프랑스 시 특유의 알렉상드랭 형식이 그리스어 시구와 저절로 딱딱 맞아떨어졌다. 그리스어 번역 과제들, 그리고 다른 과제들도 마찬가지인데, 글들은 제각각의 특별한 모습을 갖추고 있다. 그것은 글 자체가 아니라 글이 배열된 방식, 그 글의 번

---

*티르타이오스(Tyrtaeos, ?~? B.C.650). 스파르타에서 활동한 그리스의 비가(悲歌) 시인.

역 방식에서 기인한다. 조아니는 자신이 하고 있던 그리스어 번역을 뚫어져라 바라봤는데, 당최 알아볼 수가 없었다. 어떻게 이리도 괴발개발 옮겨놓은 글에 그가 열의를 불태울 수 있었을까? 마음에 안 드는 문장을 쭉쭉 지워버릴 때조차 사랑하는 마음으로 그리한 거였다. 그런데 지금 그건 아무 가치도 없는 종이요, 연습장에 불과했다. 갑자기 이 과제들이 얼마나 불필요한 것인가 하는 생각이 들었다. 초고들, 교사가 고쳐준 과제물들일뿐이었다! 이 모든 것들은 끝없는 허공 속으로 사라져갔다. 그 과제들을 해내느라고 얼마나 많은 시간과 얼마나 많은 정성을 들였던가! 그런데 아무것도 남지 않다니. 이것이 가능한 일인가? 처음으로 조아니는 자신이 매달린 일이 허무하다는 것을 깨달았다. 게으름뱅이들의 탁월한 지혜를 이해했다. 그날 저녁, 그에게는 자신의 야심이 너무나 먼 옛날 일처럼 여겨졌다! 그는 티르타이오스 번역을 다시 시작했지만, 삶에 다시 익숙해지려고 의무를 이행하듯이 아무런 열의도 없이 그 일을 했다. 그가 느끼는 슬픔에 정확한 이유는 없었다. 그저 자신이 품고 있는 즐거움을 모두 소진하고 그 밑바닥에서 슬픔을 발견하게 된 것 같았다.

그랬다. 그가 슬퍼할 이유는 전혀 없었다. 오히려 그 반대였다. 단지 실망은 느끼지 않을 수가 없었다. 페르미나 마르케스는 그가 상상했던 대로가 아니었다. 일반적으로 젊은 아가씨들은 그가 생각했던 대로가 아니었다. 그는 적을 향해 걸어가듯,

공포와, 용기 또한 가득해서 페르미나 마르케스를 향해 걸어갔다. 그런데 적은 손을 내밀며 그를 향해 다가왔다. 그는 무장한 전사 대신 좋은 친구를 발견했다. 아니, 그보다 더 좋은, 좋은 여자 친구를 발견했다. 그는 대단한 수고를 들여서 준비했던 전투를 피해 갈 수 있게 해준 그녀에게 고마움을 느꼈다. 하지만 그 상황은 그에게 태도의 변화를 요구했고, 그 때문에 처음에는 당혹스러웠다. 그는 자신의 계획 전부가 틀어진 것을 보았다. 그렇다면 단순한 우정으로 만족해야 하는가? 모든 것을 다시 검토해봐야 할 듯했다.

하지만 그 소녀가 말을 해대니, 그는 대답을 해줘야만 했다. 조아니는 곤두섰던 신경이 가라앉고 차분해지자, 아주 아이답고 아주 진지한 이런 종류의 대화가, 열다섯 살의—더 나이 먹으면 결코 있을 수 없는—소녀와 소년 사이에서 주고받을 법한 심각하고 순진한 속내 이야기가 안겨주기 마련인 엄청난 즐거움을 예감했다.

놀랍게도 페르미나는 조아니를 조롱하지 않았다. 그리고 이런 말을 해서 조아니를 놀라게 했다.

"정말이지, 당신들, 프랑스인들을 이해하는 것은 불가능해요. 방금 쾌활했나 하면 너무나 손쉽게 울적해진단 말예요. 왜 그런 일이 벌어지는지 원인을 짐작할 수 없어요. 그런 행동의 원인을 짐작도 할 수 없거든요. 외국인들은 모두 낯설기 마련이지만 그중에서도 프랑스인들이 제일 낯설어요."

조아니는 소녀의 호기심을 자극했다는 사실이 무척이나 자랑스러웠다. '곧 나에 대한 연구에 들어가겠군.' 조아니는 생각했다. 일부러라도 독특한 태도를 취하고 싶어질 정도였다. 하지만 우스꽝스럽게 보일지도 모른다는 두려움이 너무 강했다.

소년과 소녀는 테라스에서 나란히 걸음을 옮겨놓으며 이야기를 나눴다. 두 사람의 생각은 비슷하여, 그 둘의 공상은 정원의 산책로를 지나서 숲 속 깊숙이까지 함께 날아가는 두 마리 새로 묘사될 만했다. 그리고 조아니는 자신은 생각지도 못했던 이러한 정신적 접촉을 음미했다. 이제 페르미나 마르케스는 그가 유혹해야 하는 소녀, 그 이상의 것이어서 그녀라는 존재 자체를 고려해야만 했다.

페르미나의 또 다른 말들 역시 평범하지는 않았다.

"지금 하고 있는 공부 때문에 겸손함으로부터 멀어지지 않나요?"

이러한 순진함은 소년에게나 어울리는 것이었다. 또 다른 일화 하나 더. 페르미나는 중등학교를 커다란 여객선에 비유하기도 했다.

"유럽과 아메리카 대륙을 오가는 여객선들처럼 커다란 여객선요. 이곳은 생활마저도 그런 생각이 들게 해요. 정해진 시간에 식사하죠. 그리고 식사 시간에 다 함께 기도를 올리죠."

"아니에요." 조아니가 대답했다. "승객은 여객선이 항해 중일 때 그곳에서 벗어날 수 없는 것처럼, 우리도 학교에서 벗어날 수 없다는 것이 유사한 점이겠죠. 나도 이곳에 갇혔던 초기에는 그런 생각을 했어요. 자습실이나 공동침실에서, 그러니까 정원도 교문 앞으로 나 있는 도로도 보이지 않는 곳이라면 어디에서든지, 우린 지금 대양 한가운데를 지나가고 있는 아주 커다란 여객선 안에 있다고 쉽게 생각하게 되죠."

"그리고 전기를 공급하느라고 돌아가는 모터 소리도 그렇죠? 여객선의 기계 소리나 마찬가지예요."

"커다란 여객선은 여객선인데, 진짜 대양 위를 항해하는 게 아니죠. 그 여객선은 시간의 바다 위를 나아가고 있는 거예요."

"맞아요, 맞아. 바로 그거예요. 그 바다에서는 사람들을 어디에서 어디까지 날라다주나요? 휴가에서 휴가까지인가요?"

"그 경우에는 **방학**'이라는 표현이 더 정확해요. 말꼬투리를 잡아서 미안해요. 하지만 마마 돌로레가 당부한 것도 있고 하니. 그래요. 그 말이 옳아요. 부활절 방학, 성탄절 방학, 성신강림축일 방학, 만성절 방학 들이 이 커다란 여객선이 들렀다 가는 항구들이죠. 사람들은 실려 가고, 자기 일들을 해요. 여객선은 매일매일, 계절을 가로질러, 거의 소리 없이 앞으로 나아가죠. 봐요. 하늘이 흘러가고 있어요."

조아니는 그 소녀와 이렇게 생각이 통하는 것이 만족스러웠다. 그건 독창적인 생각이었고 특별한 감성을 짐작하게 했다. 두 사람은 헤어질 때 힘찬 악수를 나누었다. 두 사람이 함께할 때 느꼈던 즐거움의 토양 위에서 곧 애정이 자라날 수 있을 것이다.

그런 생각이 들자, 그리고 둘이 나눴던 작별 인사를 떠올리자, 조아니는 일상의 생활을 다시 시작할 용기가 생겼다. 조아니는 정성스럽게 글을 써내려가다가 공책 위에 뺨을 갖다 댔다. 쾌감의 전율이 때때로 온몸을 훑고 지나갔다. 스스로가 어찌나 순수하고 다감하게 느껴지는지 마치 그 소녀가 자신과 나란히 한 책상 앞에 앉아 있는 것만 같았다.

XI

이제 조아니는 하루 중 눈부시게 빛나는 세 시간을 갖게 될 텐데, 어찌나 빛이 나는지 나머지 시간까지도 새로운 빛으로 환히 밝혀질 것이다. 오후 한 시부터 두 시까지, 그리고 네 시부터 여섯 시까지였다.

아침에 눈을 뜨는 일이 그보다 더 즐거운 적이 없었다. 여름이 다가오고 있을 무렵이어서 기상 북소리가 울리기 한 시간 전부터 날이 밝아왔다. 다른 학생들보다 먼저 깬 조아니는 창밖이 점점 환해오는 것을 바라봤다. 아직 몸의 감각도 둔하고 정신도 몽롱한 상태에서 조아니는 저 깊은 곳에서, 자신의 내면 그 어딘가에서 행복을 느꼈지만 그곳이 정확히 어디인지는 알지 못했다. 그러고 나면 그는 왜 삶이 이리도 아름다운지 스스로에게 물었고, 완전히 깨어난 그의 의식은 그에게 말했다.

"페르미나 마르케스."

삶이 그리도 아름다운 것은 그가 **치카**를 보러갈 것이기 때문이었다. 조아니는 자리에 누워서 회복기 환자가 그러듯이 사물들을 바라봤다. 특히 유리창들이 아름다웠다. 널찍하며, 커튼이 달려 있지 않고, 얄팍한 철제 창틀이 설치된 유리창들에는 여명이 고스란히 담겨 있었다. 마치 안개로 만들어진 틀 같은 것이 있고, 그 너머로 연한 푸른색, 은색이 깔린 푸른색의 심연이 펼쳐진 것 같았으며, 그 쪽빛은 첫 영성체 그림에 나오는 푸른색을 떠올리게 했지만 그보다 더 아름다웠다.

조아니는 시골에 있을 때 어린 소녀의 미사경본에서 그런 그림들을 봤었고, 그 가운데 유독 하나를 분명하게 기억하고 있었다. 그림 뒤쪽에는 앙리 페레브* 사제가 성모 마리아에게 바치는 기도가 적혀 있었는데, 이런 글귀가 있었다. "서로 사랑하나 헤어진 사람들을 가엾게 여기소서……. 마음의 외로움을 가엾게 여기소서." 마음의 외로움? 이제 조아니는 그게 어떤 것인지 이해했다. 그의 이기주의가 힘을 잃었고, 그는 페르미나에게 자신의 비밀 전부와 자신의 희망 전부를 말해주고 싶었다.

곧, 더는 이렇게 누워 있을 수 없을 지경이 되자, 조아니는 일어나서 세면장으로 갔다가 돌아와서 옷을 입었다. 그리고 북소리가 울리기도 전에 준비를 마친 그는 침대 발치에 앉아서,

*앙리 페레브(Henri Perreyve, 1831~1865). 가톨릭 사제이자 교사.

아마 그 자신의 미래보다는 덜 아름답겠지만, 경이로운 유리창들을 마주 바라봤다.

그러고 나면 반별로 줄 맞춰서 산책을 했다. 15분 동안 정원 산책로를 누볐고, 밤이 막 떠나간 정원은, 침묵에 잠겨 동터오기를 기다리고 있던 선선하고 장엄한 정원은 이제 그 위풍당당한 산책로들을 태양에게 열어주고 있었다. 우리는 차갑고 달달한 음료라도 되는 양 공기를 들이마셨고, 자습실로 돌아가면서 그들 몸에 흠뻑 밴 나뭇잎과 이슬의 향기를 복도 전체에 흘렸다.

조아니는 아침나절의 연습 문제 시간과 수업 시간 내내 유달리 활기를 띠었다. 식사 시간을 알려오자 그의 심장은 기쁨과 초조함으로 세차게 뛰기 시작했다. 마침내 식당에서 나올 때면 다른 학생들 보라고 부러 무심한 태도로, 그리고 서두르는 기색 없이 정원으로 갔고, 테라스에서 페르미나 마르케스와 다시 만났다. 둘은 테라스에 남아서 마음 내키는 속도로 걸어다니거나 혹은 쥐똥나무 울타리에 기대 놓은 나무 벤치에 앉았다. 그곳에 있으면 그 누구의 눈에도 띄지 않았다. 그리고 조아니는 마마 돌로레가 자신을 위해 얻어준 특별한 호의를 친구들의 눈앞에서 과시하지 않으려고 무척 애를 썼다. 그건 너무나 분명한 특별 대우였다. 하지만 조아니는 속으로 "자신의 경쟁자들"이라고 부르는 학생들에게 그 사건이 불러일으켰던 부정적 효과가 어떻게 하면 줄어들지를 알고 있었다. 그는 산토스, 드무아젤, 오르테가, 그리고 다른 학생들 몇 명이 몰려 있는 곳에서 이렇게 말했다.

"페르미나 마르케스가 인사를 전해달랜다. 곧 다시 테니스 시합을 할 수 있기를 바란다고."

조아니 스스로 먼저 페르미나에게 친구들에게 전할 말이 없는지 물어봤었다. 조아니는 꼼수를 쓰고 싶지 않았다. 언젠가 그가 확실한 애정 표시를 획득하게 되는 날, 그때에는 친구들이 모두 모여 있는 앞에서 보란 듯이 페르미나 옆을 그냥 지나쳐 가겠지만, 그 이전에는 아니라고 생각해왔었다. 하지만 지금으로서는 그 유혹 프로젝트가 얼마나 머나먼 일처럼 여겨지는지! 그건 마치 정숙한 여인들과 천박한 여인들에 관한 이론과 같았다. 오, 하느님. 그 얼마나 유치한가! 이제 그는 그 계획에 대해 부끄러움을 느꼈다. 이론을 개진하고 체계적으로 유혹하려고 애쓰는 것이 무슨 소용이 있는가? 매일매일이 그날 치의 행복을 가져다주는데! 그리고 매일 그 목소리를, 나지막하고 열렬하며, 그저 아주 약간 이국적인 그 목소리를, 그 자신의 목소리가 숨 쉬듯 편하고 달콤하게 섞여 들어가는 그 목소리를 듣고 있는데!

두 시에 그는 자습실로 갔다가 세 시에 교실로 갔다. 그동안 마마 돌로레와 그녀의 조카들은 마차를 타고 산책했다. 파리에서부터 그들을 데리고 온 사륜마차가 학교 정문 앞에서 그들을 기다리고 있었다. 그 여인들은 이렇게 소(Sceaux)까지, 클라마르까지, 혹은 로뱅송까지 가서 굵직한 나무들이 우거진 곳에서 종종 간식을 먹었다. 그리고 네 시가 되면 정확하게 생토귀스 탱으로 돌아와 있었다.

그 식민지 태생 백인 여인은 늘 조카를 위해 바구니에 단 음식들을 하나 가득 채워놓았고, 그 때문에 막내 마르케스는 사탕을 빨거나 혹은 너무 단 과자를 먹어서 이가 상했다. 주위에 조아니만 남게 되자 마마 돌로레는 매일 일종의 여행용 조리 도구 일습을 싣고 왔다. 그건 얇은 가죽으로 된 작은 여행용 트렁크로, 안은 은빛 금속으로 처리되어 있었다. 안에는 버너, 은제 다기, 초콜릿 끓이는 도구, 은제 찻잔들과 찻잔 받침, 숟가락들, 샌드위치와 버터를 담을 오목한 접시들, 설탕, 초콜릿, 차를 담을 뚜껑 달린 작은 그릇들, 수놓은 냅킨들, 우유를 담을 납작한 병이 있었다. 너무나 많은 물건들이 들어 있어서 마치 마술사의 가방 같았다. 이것들을 전부 벤치 위에 늘어놓고, 필라르와 마마 돌로레, 그리고 막내 마르케스가 하인의 도움을 받아서 간식을 준비하는 동안, 조아니와 **치카**는 테라스에 머물렀다. 두 사람은 불러야 왔고, 준비해놓은 간식을 후다닥 먹어 치우고는 다시 둘만 떨어져 서로 속내 이야기를 털어놓았다.

페르미나가 하는 말에는 늘 뭔가 조심스러움, 신중함이 느껴져서, 그녀가 하는 말은 전부가 뒤에 위대한 사상을 감춰놓고 있으며, 그녀의 삶 전체가 이 위대한 사상과 연결되어 있는 것만 같았다. 조아니는 페르미나에게 말했다.

"당신을 보면 세르반테스의 〈영국인이기도 한 에스파냐 여자〉*가 생각나요. 세르반테스가 그 여인은 '포르 수 에르모수라 이 포르 수 레카토(그 아름다움과 신중함으로 인해)' 뛰어나다고 말하잖아요."

조아니는 그 구절을 말한다기보다는 더듬거렸다. 그건 조아니가 페르미나에게 건넨 첫 번째 찬사였다. 그러고 나서 조아니는 자신의 에스파냐어 발음에 대해 페르미나가 놀려댈까 봐 두려워했다. 그가 읽었던 책들을 이런 식으로 과시하는 것을 보고 잘난 척한다는 느낌을, 영락없이 중등학생답다는 느낌을 받지 않았을까?

조아니를 더욱더 놀라게 한 것은 페르미나가 겸손에 대해서 말할 때, 오만을 가장 끔찍한 죄악이라고 고발할 때 보여주는 고집스러움이었다.

"당신은 그렇게 아름다운데, 어떻게 겸손해지는 것에 대해서 말할 수 있죠?"

이 말은 조아니에게서 아주 자연스럽게 흘러나왔다. 이미 첫 번째 찬사를 건넨지라 길을 터 놓은 셈이었다. 하지만 페르미나는 얼굴이 창백해지면서 격렬한 어조로 중얼거렸다.

"오! 난 그저 오물 덩어리에 불과하죠."

조아니는 당혹스러움이, 그러면서도 존중이 뒤섞인 침묵을

*세르반테스가 1613년에 발표한 〈영국인이기도 한 에스파냐 여자(La española inglesa)〉는, 《모범 소설》로 묶어 낸 열두 편의 이야기 중 한 편이다.

지켰다. 조아니는 강렬한 느낌을 받았고 그처럼 극단적인 표현을 듣고서도 전혀 미소가 지어지지 않았다……

두 사람은 이리저리 걸었다. 조아니가 페르미나에게 교실, 자습실, 공동침실을 보여주었다. 그가 말했다.

"자. 여기가 자습 시간에 내가 앉는 자리예요."

페르미나는 더러운 벽과 얼룩으로 뒤덮이고 칠이 벗겨진 마룻바닥, 강단 위에 놓인 교사용 의자, 칠판을 바라봤다. 고급스러운 환한 드레스를 입고 커다란 여름용 모자를 쓴 그녀가 그곳에 있는 것을 보니 얼마나 이상야릇하던지! 조아니는 큰맘 먹고 이렇게 말해봤다.

"내 자리에 앉아봐요. 의자가 얼마나 딱딱한지 알 수 있을 거예요. 그리고 책상은……."

조아니는 책상이 너무 앞으로 튀어나와 있어서 학생의 가슴을 압박한다는, 그런 생각을 표현하고 싶었다. 하지만 예의에 어긋나지 않는 점잖은 표현을 발견하지 못했다. 페르미나가 그의 자리에 앉았다. 이제 그곳에 앉아서 공부하는 게 얼마나 신나겠는가!

조아니는 페르미나를 자신이 묵는 '라 페루즈' 공동침실로 안내했다. 침실로 들어가다가 페르미나는 벽에 걸린 십자가를 보고 성호를 그었다. 페르미나는 지나치게 윤을 내놓은 타일 바닥 위를 조심스럽게 걸어갔다. 조아니는 얼간이처럼 얼굴을 붉히면서(얼굴을 붉히다니. 분김에 스스로를 쥐어박을 뻔했

다) 말했다.

"여기가 내 침대예요."

페르미나는 침대들이 있는 곳으로부터 약간 거리를 두고서 침실 전체를 눈에 담았지 특별히 어떤 자리에 주목하지는 않았다. 조아니가 덧붙였다.

"우리 침대는 너무 좁고 너무 딱딱하죠."

페르미나는 손가락으로 십자가를 가리켰다.

"십자가는 죽음을 맞기에는 훨씬 더 좁고 훨씬 더 딱딱한 침대라는 생각을 하세요!"

조아니는 어안이 벙벙해서 그녀를 바라봤다. 그는 좀 전만 해도 그녀의 속을 꿰뚫어봤다고 생각했다. 두 사람의 생각이 이리도 다르다니! 조아니, 그는 남학생들의 침실 한가운데 그녀가 있다는 사실에서 뭔가 외설스러움이 풍긴다는 생각을 하고 있었다. 그런데 바로 그 순간, 페르미나 그녀는 격렬한 광신적 열정에 빠져 있었다.

두 사람은 조용히 계단을 내려왔다. 정원의 신선한 공기를 되찾은 두 사람은 한껏 숨을 들이마셨다.

필라르가 두 사람을 보고 불러댔다.

"간식으로 뭐가 있니?" 페르미나가 그 흔들림 없는 무심한 목소리로 물었다.

필라르는 주걱을 휘저으며 초콜릿 끓이는 시늉을 했다.

두 사람이 다가가지 마마 돌로레가 어디서 오는 길이냐고

84

물었다. 그러더니 두 사람의 대답을 듣고서는 화를 내기 시작했다. 마마 돌로레는 말을 해나가면서 점점 더 화를 냈다. 어찌나 속사포처럼 꾸짖어대는지 조아니는 더는 무슨 말인지 알아들을 수가 없었다. 마마 돌로레는 벌떡 일어나서 페르미나의 뺨을 때리는 것으로 자기 말에 급작스러운 마무리를 지었다. 소녀는 고모의 손을, 막 자신의 뺨을 쳤던 그 손을 잡고서 공손하게 자신의 입술을 갖다 댔다. 조아니는 너무나 놀라서 말이 나오질 않았다. 게다가 하인이 이런 가족 간의 분란을 보고 있다니!

페르미나는 여동생이 내민 초콜릿 잔을 받았다. 고모가 무지막지하게 때렸던 뺨은 시뻘게졌고, 나머지 뺨은 지독하게도 핏기가 없었다. 조아니는 페르미나의 발치에 몸을 던지고 그녀의 치맛단을 키스로 뒤덮고 싶다는 생각이 들 정도였다. 아니, 그 자리에 자신이 있으면 소녀가 느낄 모욕감이 더 커지리라는 데 생각이 미치자, 그 자리에서 사라져주고 싶을 정도였다. 하지만 페르미나는 곧 거의 평소와 다름없는 목소리로 말했다.

"필라르시타, 레니오 씨에게 냅킨을 드리렴."

과연 레니오는 벌벌 떨리고 신경이 곤두선 바람에 방금 조끼에 초콜릿을 쏟았던 것이다.

XII

다음 날 조아니가 페르미나에게 물었다.

"무척 독실하죠? 그렇지 않나요?"

페르미나는 망설이다가 말했다.

"그 얘기는 하지 말아요. 괜찮죠?"

하지만 페르미나는 자신이 먼저 그 주제로 돌아갔다. 정원 산책로에는 이름들이 붙어 있었다. 라 페루즈 길, 시부르 길, 빅시오 길. 이런 이름들을 새겨 넣은 금속판을 여기저기 나무들에 달아 놓았다.

"이건 생토귀스탱의 졸업생들 이름인가요?"

"그래요." 그리고 조아니는 자신이 알고 있는 이야기들을 들려줬다. 페르미나는 시부르 대주교 이야기를 듣고 감탄했다.

"그분은 진리를 위해 돌아가셨군요." 페르미나가 열렬한 어조로 말했다.

"아니에요. 그건 복수 이야기죠. 그분을 살해한 베르제는 시부르 대주교에 의해 정직당한 반미치광이 사제였어요."

"어쩜 이 모든 이야기를 그렇게 차가운 어조로 얘기하죠? 그러니까 이 이야기를 믿지 않나요?"

물론 그도 믿었다. 하지만 페르미나와 같은 방식으로는 아니었다. 그러자 페르미나는 자신의 의무가 이토록 미지근한 기독교 신자의 열의를 뜨겁게 달궈놓는 것임을 깨달았다. 페르미나는 말을 시작했고, 자신의 종교적 열광을 자유롭게 풀어놓았다. 이리하여 페르미나는 별것 아니거나 시시한 것들에 대해 이야기할 때조차 주님 이외의 다른 생각은 할 수 없는 지경까지 이르렀다. 페르미나는 심지어 잘 때도 자기 안의 그분 존재를 느낀단다.

"내 모든 생각은 그분의 것이에요. 나는 그분의 비범한 손 안에서 살고 있는 것 같아요. 그분이 내 죄가 내뿜는 악취에 만정이 떨어져서 저를 내치지 않도록, 영성체를 통해 나를 아주 미미한 존재로, 아주 정화된 존재로 만들어야만 해요!"

페르미나는 불편함과 아픔을 기꺼이 받아들였는데, 그녀가 생각하기에 이것들은 그녀를 정화시켜줬다. 가난한 사람들에 대한 그녀의 사랑과 존중은 어찌나 큰지, 거리에서 그들을 만나면 그들 앞에 무릎이라도 꿇을 수 있었을 것이다. 그녀는 그들과 닮고 싶었다. 이 우아한 드레스들, 이 모든 세속적인 허영

이 그녀로서는 견디기 힘들었다. 페르미나는 어머니로서의 권한을 행사하는 고모에게 복종하기 위해서만 값비싼 옷들을 입었고, 그럼으로써 그것들을 고행의 도구로 탈바꿈시켰다. 심지어, 스스로가 가난한 사람들과 너무나 흡사하다고 생각했기 때문에, 때로는 자신이 누더기를 걸친 채 걷고 있다고 여길 정도였다. 그런데 이런 생각 자체도 너무 오만한 게 아닐까? 다 같이 걸어서 외출했던 날, 상점에서 이런 말을 들었다. "이건 여러분에게는 아마 너무 비쌀 거예요." 마마 돌로레는 한바탕 난리를 치고서 화가 잔뜩 나서 나가버렸다. 하지만 페르미나 그녀는 얼마나 행복했던가!

"생각해보세요. 우리를 가난한 사람들로 본 거잖아요."

조아니는 페르미나에게 혹시 적선을 많이 하는지 물어봤다.

"이런 이야기는 절대로 내놓고 하는 게 아니라는 걸 알잖아요. 우리가 가난한 사람들에게 가져다주는 돈, 그건 하느님 아버지, 하늘의 주인이신 그분과 만날 약속을 하는 거랍니다."

조아니는 이 기독교 신자를 바라봤다. 깜짝 놀랐지만 약간 거북하기도 했다. 바깥에서, 이런 장소에서, 전적으로 세속적인 상황에서, 이런 식으로 하는 말 속에, 이 성스러움에 관한 대화 속에, 불경한 그 무언가가 있지 않은가? 생토퀴스탱에서 우리에게 가르치는 종교는 이런 식의 종교적 열광과는 거리가 멀었다. 우리를 신학과 신비주의로부터 조심스럽게 멀리 떼어놓았다. 우리 학교의 부속 사제는 예전에는 군대에서 사제 노룻을 했던 분으로, 사제라기보다는 옛날 신사 혹은 옛날 군인 같은 모습이었다. 미사와 일요일 저녁 예배에도 역시 뭔가 군대 느낌이 났다. 정식으로 제복을 갖춰 입고 참석했고, 하인들도 최고로 좋은 복장을 갖추고 우리와 섞여 미사를 봤다. 그래서 종교란 우리 대다수에게는 규율과 전례의 느낌과 결부되어 있었다. 그것은 양심의 망설임 속에서 흔들리지 않는 안내자였다. 그것은 우리 자신을 신의 섭리에 맡기는 것이었다. 위대하고 찬란한 희망. 그리고 우리로서는 그것에 대해서 말을 적게 하면 할수록 그것을 존중하는 것이었다.

"날 놀라게 하는군요." 조아니가 중얼거렸다.

"혹시 나를 주님을 향해 끌어당기는 것이 보상에 대한 열망이라고 생각하나요? 하지만 어떻게 십자가 위의 그분을 보고서도 그분을 사랑하지 않을 수 있죠? 그분 자체로 사랑하지 않을 수 있죠? 부활과 구원의 희망이 없다 하더라도 어떻게 그분을 사랑하지 않을 수 있죠? 그런데 사랑한다는 것, 그건 또한 그분 안에서 희망을 품는 것, 매 순간 그분을 기다리는 거예요!"

조아니는 페르미나의 말을 들으면서 삶의 이면을 보는 것 같았다. 세속적 즐거움, 부유함, 심지어 영예까지도 경멸스러우며 견디기 힘들어졌다. 페르미나가 그의 마음속에 너무나 많은 생각들을 들쑤셔 놓아서, 그녀가 자신이 가장 높이 사는 것들을 깎아내리는데도 원망스럽지 않았다. 조아니의 귀에 리마의 성녀 로사에 대한 열렬한 찬사가 뒤죽박죽 들려왔다. 페르미나 말로는 성녀 로사는 그녀가 닮으려고 애쓰는 성녀란다. 그리고 페르미나는 십자가 위의 모든 고난을 겪기를 바랐노라고 말했다. 하루는 아주 목이 말라서, 고모와 여동생을 따라서 대로변 카페에 들어갔고, 모두 차가운 음료를 주문했다. 페르미나는 컵을 입에 가져다대려는 순간, 그분도 임종의 순간에 갈증으로 고통받았다는 사실을 떠올렸고, 그 생각이 어찌나 끔찍하던지 지금 자신을 괴롭히고 있는 갈증은 달콤함으로 가득한 듯 여겨졌다. 그래서 그녀는 자신의 음료를 필라르에게 주고 말았다……

페르미나는 이 모든 이야기를 억누른, 숨 가쁜 목소리로 들려줬다. 조아니는 페르미나의 말을 중단시키지 않고 들어줬다. 페르미나가 그에게 털어놓는 것은 그녀 삶의 비밀이었다. 그렇게 속내 이야기를 들려주고 나서도 그녀는 그를 잊을 수 있을까? 페르미나는 마마 돌로레에게는 그렇게 자신의 속내를 보여주지 않았다. 페르미나는 마마 돌로레를 신이 그녀의 인내심을 단련시키기 위해서 내려준 전제적이고 변덕스러운 어머니로 여기는 듯했다. 그리고 필라르 역시 언니의 속내 이야기를 들어주는 상대는 아닌 게 분명했다. 그렇다면? 그렇다면 그가 그녀의 친구인가?

그날 저녁 두 사람이 헤어질 때 나눈 악수는 평상시보다 훨씬 더 힘찼고 훨씬 더 길었다. 그것은 서로 비밀을 간직하겠다는 말 없는 약속이었다. 페르미나는 다음 날 《리마의 성녀 로사의 삶》이라는 책을 갖다주겠다고 말했다.

레니오는 처음으로 자습실에 조금 늦게 도착했다. 철학반 자습실 앞을 지나다가 살짝 열린 문틈으로 들여다보니, 산토스가 방정식으로 뒤덮인 칠판 앞에 서 있는 게 보였다. '저 녀석은 자신과 테니스를 친 여자가 성녀라는 건 짐작도 못하겠지!' 이 생각에 조아니는 슬그머니 웃었다. 그러니 그가 그 명랑함 뒤에, 심지어 그 애교 뒤에 그토록 열렬한 신앙심이, 속세와 부유함에 대한 그토록 엄청난 경멸이 숨어 있다는 것을 아는 유일한 사람이었다.

XIII

두 사람은 또 다른 대화를 나눴는데, 대화 주제가 온통 기독교적 사랑에 관한 것이었다. 그러고 나서 조아니는 《리마의 성녀 로사의 삶》을 읽었다. 그런 성녀를 모델로 삼겠다는 이 소녀가 남자를 사랑할 일은 결코 없을 것이다. 얼마나 실망스러운가! 하지만 책상 위에 놓인 자신의 책들 가운데 그녀가 무척 자주 뒤적였을 이 책을 함께 꽂아놓자, 적어도 이러한 물건이나마 그녀에게 속한 것을 갖게 되어 만족스러웠다. '가엾기도 하지.' 조아니의 머릿속에 막 새로운 생각이 번쩍 떠올랐다. '가엾기도 하지. 걔네들이 네가 그렇게 말하는 것을 들었다면 얼마나 너를 놀려댔을까!' 조아니가 말하는 걔네들이란 그가 살던 시골의 아가씨들로, 그를 놀려대며 무척이나 괴롭혔던 소녀들이었다. 어리석음에는 뭔가 무시무시한 점이 있다. 어리석음이 가장 심오한 지혜와 닮을 수 있기 때문이다. 어리석음이 뭔가 말을 시작하면 곧 본모습을 드러낸다. 하지만 어리석음이 그저 웃는 것으로 만족할 때, 어리석음이 입을 다물고 가만히 숨죽일 때면 지혜와 흡사하다. 그 시골 아가씨들은 "아주 경건했고 제대로" 자랐다. 지적으로, 그 아가씨들은 보수주의적인 기숙학교의 산물들이었다. 그 아가씨들은 자신들이 이상하다고 여기는 것, 그렇지만 그들에게 두려움을 불러일으키지는 않는 것은 모두 우스꽝스러운 것으로 여겼다. 그 아가씨들은 속삭거림, 의미심장한 눈길, 냉소, 그리고 그 웃음, 그 무시무시한 웃음을 지니고 있어서, 지나치게 열을 올리기 쉬운 중등학생들이 위대하고 고귀한 사상들을 내비치면 바로 살포시 그러한 웃음을 지으며 맞아주었다. 자신이 갖게 될 지참금이 자랑스러운 "양가집" 규수가 가진 신앙심은 남아메리카 소녀의 얼굴을 환히 빛나게 해주는 그 열렬한 신앙심에 한참을 못 미쳤다! 아! 조아니가 얼마나 그 아가씨들을 경멸했던가! 그리고 "좋은 혼처"라는 그 시골 아가씨들이 페르미나 마르케스의 영혼의 위대함을 놀림거리로 삼을 수도 있다는 생각만으로도, 얼마나 열렬히 페르미나 마르케스를 사랑하기 시작했던가! 이제 조아니가 페르미나에게 반했다는 것은 확실했다. 물론, 아무 희망도 없는 사랑이다. 그렇다고는 해도, 또한 당연히, 영원히 지속될 사랑이다.

그는 자신이 패했음을 인정했다. 그는 자신을 사랑하게 만들 수 있다고 생각했지만, 사랑에 빠진 것은 바로 그였다. 그가 세상에서 가장 두려워하던 일이 벌어졌다. 그는 특히 자신의 학업이 그로 인해 전혀 지장을 받지 않는다는 것에 놀랐다. 실제로, 긴장이 풀어지든가 혹은 다른 생각을 하든가 하기는 커녕, 그 어느 때보다도 더 열심히 공부했다. 그는 페르미나가 늘 자기 옆에 같이 있다고 생각하는 습관이 들었다. 처음에 그건 그의 상상 속에서 벌이는 장난일 뿐이었다. 누군가에게 이런 유치한 짓을 털어놓아야 했다면 그는 얼굴을 붉혔으리라. 이제 그것은 거의 환영과 같았다. 그녀 목소리의 음색이 너무나 친숙해졌기 때문에 그녀가 곁에 없어도 그 목소리가 들리는 것 같았다. 이건 그녀의 드레스가 스치는 소리가 아니었을까? 이건 의자에 부려놓은 그녀의 소중한 육체의 무게가 아니었을까? 그녀의 육체……. 그는 그것에 대해서는 생각하고 싶지 않았다. 그런 생각을 한다면 그건 신성모독일 테니까. 우리가 수호천사가 지켜보는 가운데 살아가듯이, 그는 그녀가 지켜보는 가운데 살아가고 있었다.

그래서 매일 정원에서 페르미나와 다시 만날 때면 조아니는 그녀와 헤어진 지 몇 분 전인 것만 같았다. 할 수만 있다면 이렇게 말했으리라. "내가 공부하는 것은 당신을 위해서예요. 당신을 위해서, 당신을 생각하면서. 그리고 내가 우리 반의 상이란 상은 모두 타고 싶어 한다면, 그건 당신에게 바칠 영광을 조금이나마 갖기 위해서죠. 당신이 속내를 털어놓을 친구로 삼은 사람이 남자들 가운데 최고가 아니라는 건 있을 수 없는 일이니까요!"

XIV

"물론 나도 믿어요. 하지만 당신과 같은 방식으로는 아니죠. 내가 이미 이 말을 하지 않았던가요?"

조아니는 이번에는 자신이 가장 은밀한 생각들을 그녀에게 털어놓아야 한다고 생각했다. 아주 오래전부터 누군가에게 그 이야기를 하고 싶었다. 그는 자기 마음을 부모에게 털어놓는 것을 일찌감치 포기했었다. 부모들이란 우리가 우리 마음을 털어놓게 만들어진 존재들이 아니다. 그들에게 우리는 추정상속인일 뿐이었다. 그들이 우리에게 요구하는 것은 그저 두 가지이다. 우선, 그들이 우리를 위해 감수하는 희생을 이용하기. 그리고 그들 마음 내키는 대로 우리를 주무르게 우리 자신을 내맡기기. 즉 그들의 사업을 이어받을 수 있게 어서 빨리 남자가 되는 것. 그토록 힘들게 쌓아올린 재산을 갉아먹지 않을 분별

있는 남자가 되는 것. "아! 친애하는 부모님! 아마도 우리는 남
자가 되겠지요. 하지만 결코 분별을 갖추게 되지는 않을 겁니
다." 스무 살이 될 때까지는 그런 말을 한다. 왜냐하면 자신은
위대한 일을 하기 위해 태어났다고 믿기 때문이다.

　게다가 조아니의 부모는 그의 믿음을 저버리기까지 했다.
조아니가 처음 몇 번, 방학 때 집에 돌아와 해준 이야기들—예
를 들면, 아이들이 몰래 담배 피우러 가느라고 수업 빼먹은 이
야기, 그리고 철학반 학생들이 하인을 시켜서 샴페인을 가져오
게 한 이야기—이 모든 이야기들이 신기하게도 학생 감독관에
게 보고되었다. 자신의 아버지가 '밀고자'일지도 모른다는 생
각이 머리를 스치자 조아니의 얼굴이 대번에 시뻘게졌다. 그때
까지 **아비, 어미**와 그를 묶어주고 있던 끈들 가운데 가장 다정
한 끈이 막 끊어진 것이었다. 그때부터 조아니는 다시는 부모
에게 아무것도 털어놓지 않았다. 그의 부모는 이런 변화를 알
아채지도 못했다. 아이의 태도 점수와 학업 점수는 아주 좋았
다. 그들이 무엇을 더 요구할 수 있었겠는가?

　특히 조아니가 털어놓으려 하는 속내 이야기는 아무나 들을
수 있는 그런 이야기가 아니었다. 그건 세상을 되태어나게 할
목적을 가진 위대하고 숭고한 생각들이었다. 그런데 건실한 부
르주아들, 열심히 일하는 그 사람들은 추상적 정치를, 순수 사
상을, 유토피아를 좋아하지 않는다. 그들은 물질적 이익을 시
야에서 놓치지 않는다. 조아니는 부모의 의견과 자신의 꿈 사

이에 서글픈, 아니 거의 우스꽝스러운 대조가 존재한다고 느꼈다. 게다가 조아니의 거창한 생각을 접하면 성실한 사람들은 전부 웃고 말았다. 조아니는 로마제국이 누렸던 헤게모니, 콘스탄티누스와 테오도시우스 치하에 존재했던 대로의 헤게모니로 회귀하자는 의견을 지지했다.

우리는 별달리 열광하지 않고 빅토르 뒤뤼*의 저서를 읽는데, 우리에게는 안 된 일이다. 뒤뤼가 쓴 로마사 자체에 열광할 만한 요소가 존재하지 않을지도 모르지만, 적어도 우리 안에는 그러한 열광이 있어야 했으니까. 우리가 몰래 책상 위에 펴 놓고 에밀 졸라와 폴 부르제의 작품들에 흠뻑 빠져들기 시작한 나이에, 조아니 레니오는 로마사에 심취했다. 그에게는 전설의 시대와 왕정, 그리고 공화정의 초기는 거의 중요하지 않았다. 정말로 로마사가 흥미진진해지는 것은 제3차 포에니 전쟁부터였다. 하지만 일단 팍스 로마나가 자리 잡은 뒤에도 그 문명 세계는 여전히 감탄할 만한 볼거리를 제공해줬다. 그리고 나서 이루어진 제정 성립은 화룡점정이었다.

오! 로마제국은 왜 이방인들을 더 확실하게 통합시키지 못했을까? 어째서 그 모든 군소국들을 내버려뒀는가? 물론 클로비스가 집정관의 지위를 수락하긴 했을 것이다. 하지만 그렇다

---

*빅토르 뒤뤼(Victor Duruy, 1811~1894). 프랑스의 정치인이자 역사가로, 제2제정 때 교육부 장관을 지내기도 했다. 《로마인들과 그들의 지배를 받은 민족들》 등 수많은 저서를 남겼다.

고 해서 그가 프랑크족의 왕이라는 사실이 약화되기라도 했던가? 어쨌든 교회는 여전히 권력과 존경을 누렸는데, 로마제국이 신이 되고자 한 나머지 교회와 융합되기라도 한 것 같았다. 교회는 영적 제국이 되었다. 그리고 여전히 오늘날에도 교회는 로마제국의 산물이었다.

"그래요. 난 그 로마제국의 산물을 존경하지요. 거기에 절망적일 정도로 애착을 갖고 있어요." 조아니가 새로 사귄 친구 페르미나에게 설명했다. "샤를마뉴 대제는 도대체 왜 제국의 분할을 허락했던 걸까요? 샤를 5세는 대체 왜 갈리아족을 다시 정복하지 않았을까요? 나폴레옹은 왜 서양의 황제 자리에 오르지 않았나요? 내게 붙어 있는 프랑스인이라는 이 이름, 이 미개한 부족의 이름이 대체 뭔가요? 나는 프랑스인이 아니에요. 교리문답에서는 내가 로마 가톨릭 신자라고 하지요. 나는 그걸 이렇게 해석합니다. 로마인이자 세상의 주인이라고! 나의 군주, 나의 유일한 주인, 늘 흰옷을 입은 모습으로 묘사되는 그분은 그 고귀하고 마른 노인, 신이자 황제인 교황 레오 13세, 서양의 황제랍니다! 난 그분을 뵈었죠. 부모님께 애원했더니 지난 부활절 방학 때 절 로마로 데리고 가주셨답니다. 우린 교황 알현을 허락받았죠. 전 그분께 말을 건넸습니다. '그렇습니다, 교황 성하. 아닙니다, 교황 성하'라는 말은 해야 했거든요. 하지만 내 마음은, 길들여지지 않는 내 마음은 이렇게 외쳤답니다. '카이사르여!'"

"하지만 그분 자신은 그 겸허함 속에서 하느님의 종들의 종이라는 이름 말고 다른 이름을 원한 적이 없는데요!"

"그렇죠. 날 불경스럽다고 생각하는 거 잘 알아요. 내가 신을 숭배하는 게 그분이 존재자라서가 아니라 로마의 신이기 때문인 것으로 보이겠죠. 하지만 로마의 신, 카피톨리움의 주피터 자리를 차지한 신, 그 신이 진정한 신이 아닐 수가 있나요? 핀치오 언덕에서 바라본 로마가 얼마나 하늘과 가까워 보이는지를 안다면……. 내가 미사를 보는 동안 무엇을 느끼는지 상상도 할 수 없을 겁니다."

조아니는 숨이 가빠져서 입을 다물었다. 이제 더는 속내 이야기라고 할 수 없었다. 그건 열정적인 호소였다. 잔뜩 흥분한 조아니는 자기 말에 귀 기울이고 있는 소녀의 의견을 자기 뜻대로 할 수 있으리라 의심하지 않았다.

"제단을 바라볼 때 내 눈에 보이는 것은, 촛불, 제대포, 황금으로 만든 꽃이 아니라 로마제국의 위엄이에요. 사제와 신도 모두, 로마 가톨릭 신자의 자격으로 그곳에 모인 거죠. 그 말은 로마인의 자격이라는 말과 마찬가지입니다. 지금 영원의 도시는 속인들의 손아귀에 떨어졌죠. 하지만 그곳에 모인 사람들은 로마인이라고 불리는 것에 긍지를 느낍니다. 오, 카토*의 영(靈)

---

*마르쿠스 포르키우스 카토(Marcus Porcius Cato Uticensis, B.C.95~B.C.46). 소(小)카토라고도 불리는 고대 로마 공화정 말기의 정치가. 공화정의 전통을 유지하려는 입장에 서서 카이사르와 대립했다.

이여, 여기 마지막 시민들이 있습니다! 나는 그곳, 주님의 집에서, 나의 진정한 모국어, 라틴어로 말하는 것을 듣습니다. 당신이 사용하는 카스티야어, 그리고 우리의 프랑스어, 이탈리아어 역시 구어 라틴어에서 파생된 방언들일뿐이니까요." 조아니는 의도치 않게 문법 지식을 늘어놓으며 말을 이었다. "그것들은 속어로서, 농부들이 사용하던 옛날 사투리예요. 내 장담하는데, 옛 로마제국의 모든 학교에서 다시 라틴어를, 고전 라틴어를 가르치게 되고, 대신 나머지 방언들은 모두 잊힐 날이 곧 올 겁니다. 어쩌면 그날은 우리가 생각하는 것만큼 멀지 않았을지도 몰라요…….

내가 한 가지 말해 드릴까요? 하지만 이 이야기는 그 누구에게도 해선 안 됩니다. 약속하는 거죠? 그러니까, 옛 로마인들의 발음과 거의 비슷하게 발음하는 법을 홀로 익혔답니다. 오랜 시간이 걸리기는 했지만요. 왜냐하면, 우선, 크게 소리 내어 연습할 수가 없었거든요. 프랑스의 중등학교에서는 몇 가지 규칙에 따라서 라틴어 발음을 합니다. 만약 그 규칙에서 벗어나게 되면 학생들은 웃음을 터뜨리죠. 그리고 교사들은 그런 상황을 싫어합니다. 남아메리카 학생들이 처음 이곳에 오면 라틴어를 에스파냐식으로 발음을 합니다. 하지만 곧 프랑스식으로 발음하는 법을 가르치죠. 그건 그저 몇 가지 철자만의 문제는 아니고, 모음 개수하고도 관계된답니다. 내가 라틴 시문학에 강한 건 그걸 제대로 배웠기 때문이에요. 가끔 혼자 있을 때,

특히 방학 중에 들판을 거닐며 루크레티아, 베르길리우스, 오비디우스의 작품 중에 나오는 긴 대목들을 낭송합니다. 로마식으로 단어들에 강약을 줘가면서요. 그게 내겐 얼마마한 즐거움인지 짐작도 안 가죠? 내가 고대 로마의 위대한 인물들 모두에게 그들 고유의 언어로 말을 건네고, 또 그들이 내 말을 이해하는 것 같다니까요! 불행하게도, 수업 시간에 배운 것을 암송할 때, 그리고 번역 원문들을 읽을 때 늘 나 자신을 조심스럽게 감시해야 한답니다. 내가 다른 모든 사람들과 마찬가지로 강세를 주지 않는다는 사실을 눈치채이고 싶지 않거든요……."

"이런. 적어도 내 말이 지겹진 않겠죠?"

페르미나가 대답했다. "천만에요. 지겹지 않아요." 그러더니 한숨을 쉬며 덧붙였다. "레니오 씨, 왜 하느님이 주신 재능을 그보다 더 좋은 데 사용하지 않나요?"

'저런.' 우쭐해진 조아니는 이런 생각을 했다. '적어도 내게 재능이 있다는 생각은 하는군.'

그는 다시 말을 이었다.

"모든 잘못은 제국의 분할과 함께 생겨났어요. 인구는 늘었죠. 그 점은 저도 인정해요. 하지만 동양에 하나, 서양에 하나, 이렇게 두 개의 제국으로 충분했어요. 아니, 차라리 하나의 제국이라고 하는 게 낫겠네요. 그저 야누스처럼 미개국가에게 문명세계의 두 얼굴을 보여주는 제국이라고나 할까. 왜 왕위 찬탈자들에게 영국 왕, 부르고뉴 대공, 프랑스의 왕이라는 지위들을 허용했던 걸까요? 말도 안 돼요. 도처에서 로망어가 울려 퍼지고 있으니, 그곳에서 살아가는 우리는 제국의 영토 안에 있는 겁니다. 주변을 둘러봐요. 여름의 충만함에 잠긴 갈리아 지역이 보이죠. 저 멀리 뤼테스를 봐요. 물론 그곳은, 그러니까 파리시족의 루테시아가 확장된 거예요. 율리우스 황제가 루테시아로 겨울을 지내러 오곤 하던 그때 이래로 그렇게 됐어요. 아니, 그가 황제가 되기 전부터였어요. 제국의 인구는 증가했죠. 관리들을 전보다 더 많이 충원해야 할 테고, 그러면 다 된 거예요. 물론, 아메리카 대륙, 오스트리아, 아프리카의 유럽 식민지들도 고려해야죠. 하지만 제국의 반을 다스렸던 행정관서로 세상의 절반을 잘 다스릴 수 있을 겁니다. 적어도 내가 우스꽝스럽다는 생각을 하지는 않는 거죠?"

페르미나는 전혀 지겨워하는 기색 없이 조아니의 말에 귀를 기울이고 있었다.

"사실, 한두 번 이런 생각을 밝힌 적이 있는데, 날 조롱들 하더군요." 조아니가 말을 이었다. "어느 일요일엔가, 파리에 있는 제 학부모 대리인 집에 가서 이런 말을 했더니, 처음에는 아무 말 없이 듣고 있다가, 날 보고 플로베르의 《부바르와 페퀴세》를 읽어보라고 권하더군요. 그 책에 보면 '내 생각과 엇비슷한 종류'의 생각들이 있다면서요. 그 어조에서 날 놀려대고 싶어 한다는 걸 분명하게 깨달았죠. 그런데 그런 작품을 쓴 작가들은 자기 자신의 작품도 훌륭한 라틴어로 번역해낼 능력이 없기가 쉬울 텐데, 그런 작가들이 쓴 요즘 작품들은 읽고 싶지가 않아요……! 집안에서 오랫동안 알고 지낸 분이 계신데, 내 보기에는 우리가 알고 지내는 나머지 분들보다 훨씬 더 지적으로 보이는 분이었어요. 한번은 그분에게 내 생각을 이해시키려고 했었죠. 그분은 대뜸 웃어대기 시작했고, 자신이 살아오면서 수많은 반동분자들을 만나봤지만, 나만 한 인물은 만나본 적이 없다고, 그리고 오랜 공화주의자의 아들이 그런 생각을 갖는 것은 그다지 바람직하지 않다고 말하더군요. 왜냐하면, 내지(內地)에서는, 아니, 흔히 말하듯 시골에서는, 자식은 부모와 똑같은 정치적 견해를 가져야만 하니까요. 만약 자식이 그러지 못하면 얕잡히죠. 오! 상상이 안 되죠? 내지란 곳이 아직도 얼마나 미개한지! 결국엔, 그분이 웃더라고요. 그래서 그분 성질을 건드려보려고, 나는 나를 프랑스인이 아니라 로마 시민으로 생각한다고 했죠. 내가 정확하게 맞혔더군요. 그 말을 하자마자 즉각 화를 냈어요. 내가 그의 머릿속에 든 보잘것없는 생각들을 건드렸더니, 그 생각들이 그의 좁아터진 머리통 속에서 꿈틀대기 시작했던 거죠. 그분은 시뻘게졌답니다. 그 모습이 얼마나 쩨쩨하고 편협해 보이던지. 그는 내 손아귀 안에 있었어요. 그 안에서 사람들이 갖고 장난치는 벌레처럼 꿈틀거리고 있었죠. 내가 그 사람 안에서 본 것은 인간이 아니라 하나의 가공품, 말하라고 하는 것을 말하고 생각하라고 하는 것을 생각하는 기계였답니다. 아! 내가 그 누군가보다 우월하다고 느낀

적이 있다면, 그건 바로 그 얼간이에 대해서죠!"

"오! 레니오 군. 그런 말을 하는 건 좋지 않아요!"

소녀의 목소리에서 세찬 비난의 어조가 느껴지자 조아니는 몹시 당황하여 입을 다물었다. 그는 그때까지 자기 말을 들어주고 있는 소녀로부터 전폭적인 지지를 받는다고 확신했기에 여봐란 듯이 침착하게 거창한 말을 늘어놓고 있었다. 그런데 반대로 그녀가 더는 참지 못하고 그의 말에 반발하고 있지 않은가. 그러니까 결국, 그는 그녀의 마음을 상하게 한 것이다. 이는 그에게 일어날 수 있는 일 가운데 최악의 것이었다. 그는 계속 말을 이어나갔지만 그의 마음은 자신이 하고 있는 말에서 이미 떠나간 상태였다. 바로 조금 전만 해도 그가 뛰어난 솜씨로 표현하려고 했던 모든 것이 갑자기 우스꽝스럽고, 헛되며, 전혀 흥미롭지 않은 것으로 여겨졌다. 그는 방향을 틀어, 로마의 덕목들에 관한 장을 새로 열었다. 그는 특히 가난을 열광적으로 강조했다.

"로마는 가난의 장녀 격이죠. 바로 거기에 로마가 지닌 힘의 비밀이 있습니다. 아우구스투스 시대의 시인들 스스로 그 점을 알고 있었어요. 호라티우스가 한 말을 들어봐요."

조아니는 라틴어로 읊어대기 시작했다.

"마찬가지로……

이 말은 호라티우스가 방금 말한 파브리키우스와 연관되어 있어요.

그와 마찬가지로, 머리카락이 헝클어진 쿠리우스와
카밀루스는 벌판과 선조들의 소박한 초가집 아래서
전투가 벌어지면 금욕적 가난이 조국에게
도움이 된다는 것을 깨달았다.*"

"새바 파우페르타스, '금욕적 가난'이라……."

조아니는 입이 떡 벌어졌다. 소녀의 눈에서 그가 막 읽어낸 것은 자신을 몹시 불안하게 만드는 어떤 생각이었다. 그 눈은 이렇게 말하는 것 같았다. "이런 건 무례한 거지? 이 사람 날 놀리는 걸까?" 그러자 조아니는, 어느 날 자신이 어떤 부인을 상대로 타키투스의 한 대목을 장황하게 늘어놨더니 그 부인이 자신에게 성난 어조로 무슨 말을 했던지가 생각났다. "레니오 군이 그러고 싶다면 날 모욕해도 좋아요. 하지만 무슨 말을 하는 건지 이해하지 못하겠군요."

저녁 자습 시간을 알리는 소리에 두 사람은 곧 헤어졌다. 페르미나는 그에게 악수를 청하지 않았다…….

저녁 내내 조아니는 관자놀이가 웅웅 울렸고 두 뺨은 화끈거렸다. 그가 그녀의 마음을 상하게 했다. 그는 우선, 우스꽝스

*호라티우스의 《서정시집》 1권 12장에 나오는 대목이다. 파브리키우스, 쿠리우스, 카밀루스는 모두 고대 로마의 정치가들로서, 오랜 공직 생활 뒤에도 가난했던 것으로 유명한 청렴한 인물들이다.

러웠다. 그리고 가증스럽기까지 했다! 아! 어리석고 유치한 장
광설을 늘어놓다니! "교황 레오 13세, 서양의 황제랍니다"가
뭔가. 게다가 카토의 영(靈)을 언급한 건 또 어떻고! 그 말엔 뭔
가 창피해서 죽고 싶게 만드는 것이 있었다. 그는 할 수만 있다
면 자신이 내뱉은 그런 문장들을 부인했을 것이다. 적어도, 그
문장들을 글로 쓰기라도 했다면, 지우개로 지워버릴 수라도 있
었을 텐데. 하지만 다른 사람이 기억하고 있는 우리의 말을 지
울 수 있는 지우개는 세상천지에 없다. 또한 라틴어로 인용했
던 것에 대해서도 사과했어야 했다. 하지만 페르미나에게 충격
을 준 것, 그것은 보나 마나 그가 자신의 나라 사람들을 조롱하
고 조국을 부인했다는 것이리라.

"아마도 그 가여운 소녀에게는 끔찍하게 보이겠지! 여자들
보다 더 보수적인 존재는 없다니까. 여자들이 하는 생각이란
늘 적어도 한 세대는 뒤처져 있기 마련이지!"

그가 시골 공화주의자의 어리석음을 조롱했을 때, 모욕당한
양식(良識)이, 그 혐오스런 양식이 페르미나 안에서 부글부글
끓어오르기 시작했던 것이다! 뭐, 그녀도 모든 점에서 그를 분
노하게 했던 '가공품'과 다를 바 없었다. 이렇게 되자 조아니는
페르미나에게 그보다 더 충격을 주지 못한 게, 그녀를 극단까
지 밀어붙이지 못한 게 아쉬웠다. 그건 하나의 게임이다. 신중
하게 골라낸 몇 개의 역설들을 가지고 얼간이들의 지성에 채찍
질을 가하는 것이다. 우선 그들은 화를 내고, 그다음에는 개처

럼 짖어댄다. 오! 이 얼마나 흥미로운 게임인가!

얼간이들? 그런데 얼간이들이란 무엇인가? 조아니의 그토록 단호한 구분이 현실에 들어맞았는가? 두 부류의 인간들, 어리석은 자와 영리한 자가 있다고 말하고 자신을 당연히 후자에 끼워 넣는 것은 정말이지 너무 단순했다! 하지만 고전주의 시인들은 천박함을 경멸하는 것을 하나의 미덕으로 삼지 않는가. 아! 그는 이러한 성찰에 진력이 났다. 진실, 그것은 아무 앞에서나 말하면 안 되는 것들이 있다는 것이다. 거리에 나갈 일이 있을 때 야릇하게 옷을 입으면 당신에게 소란을 넉넉히 안겨줄 사내 녀석들 때문에 그러지 않는 것과 마찬가지이다. 아무에게나 비범한 생각들을 내보여서는 안 되는 것과 마찬가지이다. 그렇지 않으면 "오! 레니오 군. 그런 식으로 말하는 것은 좋지 않아요"라는 말이나 듣게 될 테니까.

그런데, 레니오, 그는 연인은 아닐지라도 적어도 여자 친구를, 그가 모든 이야기를 할 수 있는 여자 동료를, 자신과 대등한 여성을 발견했다고 생각했었는데! **대등한 여성**! 됐다! 그는 인간의 어리석음에 관한 자신의 이론에 다시 빠져들었다. 그가 그녀의 마음을 상하게 했고, 그게 다다.

다음 날, 그는 최선을 다해 사과했다.

"어제 내가 궤변을 늘어놓는 바람에 당황스러웠죠. 게다가 라틴어로 인용을 했던 건 아주 무례했지 뭡니까. 많이 난처했나요?”

“아니에요. 정말이에요. **전혀** 당황하지 않았어요.”

“그렇게 말해주다니 정말 친절하군요. 앞으로, 우린 좋은 친구 사이로 남는 거죠? 그렇죠……? 나쁘지 않은 추억을 남겨주고 싶은 마음이 무척 크답니다.”

페르미나는 아무런 대답도 하지 않았다. 조아니는 자신이 그녀에게서 아주 멀어진 것처럼, 그녀의 삶과 완전히 무관해진 것처럼 느껴졌다. 하지만 그것은 스쳐 가는 인상일 뿐이었다.

두 사람은 이 사건을 암시하는 그 어떠한 말도 다시는 하지 않았다.

XV

그로부터 며칠이 지난 후, 조아니는 페르미나에게 《리마의 성녀 로사의 삶》을 돌려주었다. 그는 이 책에서 페르미나가 자신과 대화를 나눌 때 사용했던 아주 생생한 표현들 가운데 몇 가지를 발견했다. 예를 들면, "십자가의 좁고 딱딱한 침대"란 표현. 그는 이 사실에 대해 언급할 수도 있었지만 그녀의 마음을 너무 상하게 할까봐 겁이 났다. 그는 본의 아니게 젠체하는 표정을 지으면서, 그저 이렇게 말하고 말았다.

"《성인행전》의 에스파냐어판인데, 번역이 오래됐군요. 황금 시대 말기의 카스티야어가 느껴집니다."

"에스파냐 문학도 아는군요. 정말 박식하네요."

"오! 뭘요……"

페르미나는 조롱하는 것이 아니었다. 그녀는 물어보면서 심지어 존경의 어조로 말하려고 애를 썼다. 조아니는 자부심으로 한껏 가슴이 부풀었다.

"정말이에요. 저번 날 산토스 이투리아 씨가 내 앞에서 이 학교 최우수 학생이 레니오 씨라고 했답니다."

그러자 조아니는 과제 성적, 작문, 우등생 명부에 대해서 설명하려고 애썼다. 하지만 그가 너무 심한 열의를 보이는 바람에 누구라도 조아니가 그것들에 대해서 과한 중요성을 부여하고 있다는 것을 즉각 알 수 있을 정도였다. 학교를 벗어나면 이 모든 것은 전혀 가치가 없었고 거의 이해되기도 힘들었다. 그는 당황스러워서 입을 다물었다. 더는 "작문"이라는 말을 입 밖에 낼 엄두가 나지 않았다. 갑자기 그 말이, 어른들이 들으면 그 나름의 이유로 웃게 되는 유치한 생각을 담고 있는 것처럼 여겨졌다. 조아니는 자신들에게서 나타나는 정신적 성숙의 결여가 그들이 말하는 모든 것에서, 그가 페르미나에게 로마 역사에 대해서 말하는 방식에서도, 그리고 페르미나가 종교적 감정을 표현했던 방식에서도 드러난다는 생각이 들었다.

"열심히 공부하나 봐요?" 그녀가 말했다.

"그래요. 아주 열심히 하죠. 내가 쉽게 공부한다고 생각들 하지만 사실은 그렇지 않아요. 내 머리는 천천히 돌아가는 편이고, 내용을 대번에 파악하지 못해요. 보다시피 이렇게 내게 부족한 점까지도 털어놓습니다."

페르미나는 그렇게까지 힘들여 공부하는 이유가 공부에 대한 취미가 있어서인지 아니면 부모에게 순종하기 위해서인지 물어봤다.

"그런 게 아니에요. 누군가를 즐겁게 해주기 위해서랍니다. 그 누군가에게 어울리는 사람이 되기 위해서지요……. 한 달 전만 해도 내가 즐겁게 해주고 싶어 하는 사람이 정확히 누구인지 몰랐습니다. 하지만 그 사람이 오리라는 것은 알고 있었죠. 내 평생을 영광으로 꾸미고, 내 삶을 그 사람이 살러 올 아름다운 궁전으로 가꾼 것은 그 사람의 도래를 영광스럽게 만들려는 것입니다. 이제 그 사람이 왔어요……. 바로 당신입니다."

자, 드디어 그 말을 입 밖에 냈다. 페르미나는 얼굴을 붉히지 않았다. 여전히 침착했다. 그녀는 어찌나 아름다운지 조아니는 얼굴에 열이 오르는 것 같았다. 페르미나가 곧 산토스 이투리아가 무슨 반에 있는지를 물었다. 그러더니 별 의미 없는 말들만 늘어놨다. 두 사람은 평소보다 더 일찍 헤어졌다.

예상하지 못했던, 거의 알아차리지 못했던 위대한 시기가 왔다가 지나갔다. 깊은 침묵 속에서. 이번에는 그것이 완전한 실패로 돌아갔다. 조아니는 아무것도 아닌 것 때문에 거짓말을 했다는 것에 대해 성이 났다. 왜냐하면 사실 그가 공부하는 것은 페르미나 마르케스의 아름다운 두 눈—물론 너무나 아름답긴 하지만—때문은 아니었다. 일어나야 할 일이 일어났다. 이제 그는 그녀를, 그 독신자(篤信者)를 증오했다!

다음 날, 그리고 그 뒤로 부활절 방학이 될 때까지, 두 사람은 마마 돌로레 옆에 줄곧 머물렀고, 예의 바른 말들만 나눴다.

XVI

카미유 무티에는 중학교 2학년이었다. 창백하고 왜소한 열세 살짜리 남자아이인데, 갈색의 머리카락은 늘 심하다 싶게 바투 잘려 있었고, 두 눈은 슬퍼 보였다. 이전에는 그 아이의 시선이 생기 넘치고 장난기로 반짝였으리라는 짐작이 갔다. 하지만 그건, 이전, 중등학교에 들어오기 이전의 일이었을 것이다. 그도 그럴 것이 그 아이는 중등학교 생활을 해나가게 태어나지를 않았다. 그 아이에게 중등학교 생활은 매일매일 되풀이되는 형벌이었다. 아이를 관찰해보면 고통받는 데 너무나 익숙해져서 고통이 그의 가장 친한 친구가 되었다는 것을 알 수 있었다.

그가 갈망하는 건 오직 하나, 자기가 아주 아주 작아져서 사라져버리는 것이었다. 그는 선생들이, 눈먼 행정이, 꾸짖고 벌주며 안겨주는 고통을 알고 있었다. 그리고 또한 다른 사람들,

난폭한 급우들, 특히 끔찍한 조롱으로 혹은 죽고 싶다는 생각이 들게 만드는 모욕으로 영혼을 고문하는 법을 알고 있는 급우들이 안겨주는 고통 또한 알고 있었다. 심지어, 이미 여러 번 자살을 꿈꿨었다. 하지만 종교적 두려움이 그런 일을 저지르는 것을 방해했다. 그래서 체념하고, 살기로 했다. 심지어 음울한 표정을 짓고 있다가 더 잦은 박해를 유발할까봐 즐거운 척하는 노력까지 했다. 가끔씩, 예를 들면 줄 설 때 혹은 식당에서 울고 싶은 마음을 더는 참을 수 없을 것만 같을 때, 얼굴을 찡그려 버릇하기 시작했는데, 모두 그걸 놓고 웃어댔지만 눈물을 억제하는 데는 도움이 되었다.

카미유 무티에는 삽시간에 아주 열등생이 되었다. 정말이지, 처벌과 나쁜 점수가 급우들의 수없이 짓궂은 장난보다 훨씬 더 견디기가 쉬었다. 처음에는 맹렬하게 싸웠고, 지금도 여전히 속에서 분노의 불길이 조금이라도 일기 시작하면 주먹질을 몇 번 하는 일이 있기는 했다. 하지만 그의 분노는 절망에 의해 닳아 없어져버렸다. 짓궂은 장난이 그에게 쏟아졌다. 게다가 그의 자존심이 어찌나 예민한지 다른 학생들 같았으면 그다지 마음 상하지 않고 견뎌냈을 몇몇 농담들, 그리고 보통은 옹골차게 대꾸해서 한 방에 그치게 하는 농담들이 그에게는 마치 기억에 남아 두고두고 괴롭히는 심각한 모욕처럼 타격이 되었다. 맙소사. 우리는 선량할 수는 없는가 보다.

그는 맘껏 울기 위해서 저녁을 기다렸다. 누군가 여러분의 시트를 반으로 접어 다리를 펴지 못하게 해놓지 않았다면, 시트 사이에 감자 퓨레가 잔뜩 담긴 접시를 밀어 넣지 않았다면, 여러분은 물리도록 울 수 있다. 카미유 무티에는 모두가 잠들기를 기다렸고, 그때가 되면 그의 슬픔이 몽땅 두 눈으로 밀려 올라와서 넘쳐났고, 결국 두 뺨 위로 조용히 흘러내렸다. 나는 종종 이다지도 거대한 아이들의 절망에 귀를 기울였었다. 흐느끼는 소리가 들리는 건 아니다. 제법 긴 간격을 두고 들려오는 **자그마한 휘파람 소리** 같은 것을 뺀다면 아무 소리도 들리지 않는다. 만약 감독교사가 깨어 있다면 그는 웬 악동이 휘파람을 분다고 생각할 것이다.

그러니, 방학이 그에게 안겨주는 즐거움은 어린 무티에게는 너무나 엄청나다고 할 정도였다. 방학! 그는 매분 매초 방학을 즐겼다. 그건 그 자신과의 만남이었다. 그는 거기에서 중등학교 입학 전과 마찬가지로 자유롭고 쾌활한 자신을 되찾았다. 며칠 동안 혹은 몇 주 동안은, 고통스러워하고 눈물 흘리는 가여운 것이 더는 아니었다. 그리고 그의 부모는 그가 이처럼 쾌활하며 놀이에 흠뻑 빠져 있고 너무나 '아이'답게 구는 모습을 보고는, 유년기의, 아마블 타스튀 부인*과 빅토르 위고가 인생 최고의 시기라고 노래했던 대로의 그런 유년기의 티 한 점 없는 무사태평과 행복에 감동했다.

*아마블 타스튀(Amable Tastu, 1798~1885). 프랑스의 여류작가, 시인.

114

하지만 페르미나 마르케스가 학교생활에 등장한 뒤로 어린 카미유 무티에의 방학은 그 풍미를 많이 잃고 말았다. 이제 그는 지옥 속에서도 뭔가 사랑할 만한 것을 발견했던 것이다. 첫 순간부터, 그가 페르미나에게 접근을 감행할 일은 결코 없으리라는 것, 그가 그녀에게는 영원히 하찮은 존재이리라는 건 확실했다. 그녀가 그의 존재를 알아차리기 전부터 그는 밤마다 그녀를 위해서 기도했다. 그는 산토스에게 질투를 느꼈고, 레니오에게 질투를 느꼈다. 머릿속에서 그는 그녀에게 자신을 영원히 바쳤다. 이 세상의 그 어떤 것도 더는 그의 눈에 들어오지 않았고, 소리도 들리지 않았으며, 흥분 상태였다.

그는 다시 살기 시작하였다.

그는 몇 번 싸움에서 이기고 난 뒤 잠시라도 짓궂은 장난을 피해 갈 수 있었다. 그러자 그는 자신과 마찬가지로 중학교 2학년인 마르케스와 알고 지내려는 시도에 나섰다. 마르케스와 함께 있는 모습을 보이는 것이 즐거웠다. 이리하여 자신은 그녀 곁에 보다 더 가까워지는 것이 아니겠는가. 자신의 이름이, 마르케스 옆에서 걷고 있는 그의 모습을 본 사람들의 뇌리 속에서 그녀의 이름과 연관 지어지지 않겠는가. 학교 벽에는 서로 떨어지지 않는 사이가 된 학생들의 이름이 적혀 있었다. 너무나 배타적인 우정은 놀림거리가 되었고 그런 아이들을 어찌나 괴롭히는지 둘 사이를 끊어놓는 데 성공하는 적도 가끔 있었다. 어느 날, 카미유 무티에는 승마 연습장 벽에 "무티에와 마르케스"라고 적어놓은 것을 보았고, 그가 생토귀스탱에 입학한 이래로 이날보다 더 쾌활했던 적은 없었다. "그녀가 이걸 읽었더라면!"

그가 하는 말은 모두 결국에는 그녀에게로 돌아갔다. 그녀의 남동생에 대해 말하는 것, 그것 역시 그에게는 그녀에 대해 말하는 것이었다. 파리에 대해 말하는 것, 그것 역시, 그녀가 사는 곳이기에 그녀에 대해 말하는 것이었다. 콜롬비아에 대해서 말하는 것, 아메리카 대륙에 대해서 말하는 것, 에스파냐의 역사에 대해서 말하는 것, 로크루아 전투에 대해 말하는 것, 그것 역시 그녀에 대해 말하는 것이었다! 그가 카스티야어에서 보여준 발전은 놀라웠다. 카스티야어는 페르미나 마르케스의 모국어가 아닌가? 그리고 그는 이 이방의 이름 페르미나 안에서 찬탄할 만한 그 무언가를 보았다. 그 이름은 그에게는 세상의 온갖 아름다움을 집약하고 있었다. 그건 사람들의 입에서 나올 수 있는 가장 아름다운 말이었다. 그가 커다란 소리로 페르미니타라고 말할 용기를 내는 일은 결코 없을 것이다. 그 애칭은 너무나 가족적이었고 그녀에게 너무 가까워지는 것이었다.

하지만, 그녀가 그를 봐주기만 한다면……. 단 한 번만이라도! 그에게 파리에서 만 하루를 보낼 기회가 생겼는데, 모든 상점들이 중등학교 학생들과 생시르 육군사관학교 생도들이 볼까봐 일부러 문을 닫아걸어 음울하고 찌푸린 그런 일요일들 가운데 하나가 아니라, 부활절 방학 동안이어서, 살아 있는 진짜

116

파리의 하루를 누리게 되었다. 생시르 육군사관학교 생도들은 셔터가 내려진 쇼윈도들 앞을 지나가면서도 야릇한 미소를 짓는 것처럼 보인다. 그들은 지난 목요일에 진열된 상품들을 이미 봤으니까. 하지만 중등학교 학생들에게는 그런 구경거리를 줘서는 안 된다. 그렇게 되면 학생들이 작문 숙제를 망각할지도 모른다. 서점에서까지도 중등학교 학생들은 고전으로 만족해야만 한다. 현대문학은 그들을 위한 것이 아니다. 게다가 현대문학은 아무런 가치가 없다. 일반 감독교사들은 학생들에게서 압수한 소설책들로 장서를 쌓아올리면서도, 작가란 죽은 지 75년은 지나야 재능을 발휘하게 된다는 말을 여러분에게 들으란 듯이 할 것이다.

카미유 무티에는 파리에 살며, 자신을 위해 학부모 대리인 노릇을 해주는 분의 집에서 어느 토요일 하루를 송두리째 보냈는데, 그분이 중등학생의 생활이 어땠는지를 기억해내고 카미유를 데리고 오라고 생토귀스탱에 하인을 보내준 덕분이었다. 하인에게 그 일은 고역이었다. 하인은 사내아이가 아메리카 대륙과 카스티야어의 아름다움에 대해서 조잘거리는 말을 모두 듣고 있는 척해야 했다. 카미유 무티에가 생페르가의 어두컴컴한 아파트에 도착하자 즉각, 학부모 대리인의 조카인 법학 공부를 하고 있는 스물 살짜리 청년에게 인계되었다.

카미유는 그를, 이 키가 훤칠한 법학도 청년을 본 적이 있었다. 하지만 어디에서, 언제 봤냐고 묻는다면 대답할 길이 없었을 것이다. 이 아파트와 이 가족은 그에게는 늘 꿈에서 본 것만 같았는데, 단지 그 꿈은 가끔씩 찾아오며, 장소의 외형적 특성과 사람들의 이목구비가 잠자는 사람의 기억에 새겨질 정도로 충분히 길게 지속되는 법이 없는 꿈이었다. 그에게는 심지어 인척관계 개념마저 정확하지 않았다. 이 나이 든 부인은 일요일마다 초대받는 손님인가, 시골에 사는 고모인가, 혹은 학부모 대리인의 어머니인가? 그는 이 사람을 저 사람으로 착각했다. 그가 확실하게 알아보는 사람은 보호자 한 사람뿐이었다. 그는 늘 비단으로 안감을 댄 프록코트를 입고 검은색 벨벳 빵모자를 쓰고 있었다.

그는 그 사람들에게 관심이 없었는데, 그건 그럴 수도 있는 일이었고, 그들 또한 그에게 신경 쓰지 않았다. 그들은 그가 모르는 일과 사람들에 관한 이야기를 나누면서 그들의 일상을 살았다. 그것은 하나의 꿈으로서, 좋지도 나쁘지도 않았다. 차라리 피곤한 꿈이었다. 다른 사람들의 행위에 섞여 들어가는 것을 조심스럽게 피했지만, 관찰당하고, 누군가 질문하면 대답해야만 했기 때문이다. 예를 들어 식사를 할 때 질문이 던져지면, 여러분은 그것이 진정 자신을 향하는 것인지 결코 알 수가 없다.

그러므로 그 여름날, 천정을 최근에 푸른색으로 칠한 아케이드에서 카미유 무티에는 귀스타브, 그러니까 법학 공부를 하는 유령과 함께 산책하는 꿈을 꾼 것이다. 귀스타브는 중등학교 애송이와 함께 있는 모습을 보인다는 것이 조금 창피했다.

그리고 이 사내애와는 대화란 것이 당최 가능할 것 같지가 않았다. 둘 사이에는 공통된 것이 하나도 없었다. 이 하루는 잃어버린 하루였다. 하지만 글쎄! 그는 오늘 하루를 보상해줄 다른 여름날들을 누리지 않겠는가. 훨씬 더 흥미로운 사람들과 함께 보내게 될 터이니. 그는 다리엔의 발견과 발보아의 탐험대에 대해서, 그리고 누에바 그라나다가 어떻게 콜롬비아가 되었는지에 대해 장황한 설명을 늘어놓는 카미유 무티에에게 단음절로 대꾸해주고 있었다. 이 어린 사내아이는 지리 과목을 제법 잘 알고 있었다. 조금 있다가 사내아이의 목소리가 아주 심하게 떨려서, 아이의 존재에 대해 거의 생각하지 않고 있던 귀스타브는 아이의 말에 귀를 기울이게 되었다. 아이는 프란시스코 마르케스라는 급우 한 명과 그의 누나 페르미나에 대해 이야기하는 중이었다. 귀스타브가 신성모독적인 발언을 하였다.

"페르미나! 이름이 괴상하기도 하군! 페르미나!"

아케이드를 걷던 두 사람은 루브르가와 리볼리가가 만나는 귀퉁이에 있는 아름다운 장난감 상점 앞에서 멈췄다. 사내아이는 아이답게 진열된 상품들을 지칠 줄 모르고 바라봤다. 기펠코 상점 안으로 들어가야만 했다. 귀스타브는 사내아이가 작은 국기를 사는 것을 보고 깜짝 놀랐다. 비단에 인쇄한 국기로 깃대는 철제였다. '이 꼬맹이는 축제 때나 쓸 장신구를 갖다가 뭐에 쓰려고 하는 거지?' 정말이지 어른들은 아무것도 이해하지 못한다.

개학한 다음 날, 한 시에 쉬는 시간이 시작되자, 카미유 무티에는 정원에 있는 마마 돌로레와 그녀의 조카딸들을 보고서는 쿵쿵 뛰는 심장을 안고 운동장에서 빠져나왔다. 일단 감독 교사들의 시선에서 벗어나자 그는 냅다 뛰기 시작했고, 자신이 흠모하는 귀부인의 색깔들로 치장한 잘생긴 기사인 양, 손에 든 콜롬비아 국기 모형을 바람에 펄럭이며 페르미나 앞을 지나갔다!

"어머나." 그 소녀가 외쳤다. "우리나라 국기네!"

카미유 무티에는 발걸음을 되돌려 더듬거리며 물었다.

"파키토에게 가져다주려는 길이었어요. 그런데 걔는 어디 있죠?" 그는 대답을 기다리지도 못했다. 그가 지닌 용기를 이미 넘어섰으니까. 그는 달아났다.

그가 그해에 겪은 커다란 모험이었다.

XVII

산토스 이투리아는 성신강림축일 방학이 끝나자 훤칠한 용모로 나타났다. 방학을 챙긴 적이 단 한 번도 없는 그였으니, 외출일에 면회실 창구에서 그를 호명하는 소리가 들린 것은 일대 사건이었다. 그 자신도 이런 외출에 그다지 연연하지 않는 것처럼 보였다. 야밤에 깜둥이를 데리고 놀러 나가는 일만으로도 그에게는 충분했다. 하지만 그해에는 성신강림축일 방학이 다가오자 외출 허가를 얻기 위하여 온갖 수단을 다 동원했다. 마침내 몽마르트르에서 알게 된 멕시코 공사관의 젊은 서기관에게 부탁해 자신을 불러내게 하는 데 성공했다.

조아니 레니오는 자기 자신을 정확하게 파악하고 있었다. 그는 제대로 말했던 것이다. 그의 지성은 느렸고 대번에 상황을 이해하지 못했다. 개학한 다음 날 복도에서 만난 산토스가

"애송이 레니오. 자네가 불편하게 만든 사람이 둘 있더군"이라고 말했을 때조차 무슨 말인지 이해하지 못했다. 두 눈으로 보아야만 했다.

그리고 두 눈으로 보았다.

"조금 있으면 치카가 이곳에 올 거예요." 마마 돌로레가 조아니를 맞으면서 말했다. 조아니는 아주 침착한 목소리로 응대했다.

"예. 이투리아 군과 함께 정자에 있더군요."

"아! 그래요?" 마마 돌로레가 무심한 태도로 말했다.

필라르는 심각한 표정으로 검은 불길이 이는 그 아름다운 시선을 그에게 보냈다. 그 아이는 알고 있었나? 아마도 그를 가엾게 여기는 모양이었다. 설상가상이었다!

"페르미나 양이 오면 제가 테라스에서 기다리고 있다고 전해주세요."

조아니는 테라스로 올라갔다. 몇 분 후, 페르미나 마르케스가 가까이 와서 섰다. 그는 그녀에게 인사말을 건네지 않았다. 하지만 연극적인 동작을 취하며 파리를, 그러니까 지평선에 걸쳐진 잿빛의 엷은 안개를 가리켜 보였다.

"이 도시가 빛의 도시라고 불릴 자격이 있는 것은 나와 같은 사람들 덕분이랍니다. 이해하겠어요?"

페르미나는 아무런 대꾸도 하지 않았다.

"이해하겠어요?"

페르미나가 아무 말도 않기로 작정한 것을 보고 그녀를 향해 몸을 돌리고는 장엄한 진실을 공표했다.

"내겐 천재성이 있어요."

페르미나는 아무 말도 하지 않았다. 페르미나가 기대했던 것은 다른 종류의 장면이었다. 페르미나는 상황이 이렇게 흘러가는 것을 보고서 오히려 안도감을 느꼈다. 조아니로 말하자면, 이때까지 단 한 번도 페르미나 앞에서 가져본 적이 없었던 냉정함으로 그녀를 바라봤다. 심지어 얼굴을 붉히지도 않고서 그녀의 두 눈을 똑바로 바라볼 정도였다. 그의 생각에, 자신은 나란히 놓아두면 그 소녀의 아름다움도 빛을 잃게 만들 아름다움을 품고 있었다.

"내가 공부하는 이유가 당신을 즐겁게 해주기 위해서라고, 혹은 다른 여성을 즐겁게 해주기 위해서라고 말했지만 그것은 거짓말이었어요. 난 거짓말을 했고 그게 자랑스럽습니다! 나는 나 자신을 위해서 공부합니다. 나를 사로잡은 야심은 무척이나 거대해서 그것을 만족시키려면 불멸의 영광이 보장되는 길밖에는 없답니다. 난 당신이, 지금 상대하고 있는 남자가 천재라는 사실을 보다 일찍 알아채지 못한 것이 정말이지 놀라워요."

그는 빈정거렸다. 하지만 곧 차분하게 말을 이었다.

"사실 실수할 수도 있죠. 특히나 상대가 재능만을 갖고 있고, 흔히들 말하듯이 근사한 **겉모습**이 절대적으로 결여된 사람이라면요. 전혀 휘황찬란하지도 않고, 대화를 즐기지도 않고,

사교술도 없고, 요컨대 거의 지적으로 보이지 않으니까요! 그래요. 나는 나 홀로 나 자신의 재능의 무게를 견뎌내고 있어요. 그건 마치 가파르고 컴컴한 아주 높은 산과 같아서, 페르미나 양 눈에는 너무 엄격해 보일 수도 있어요. 오! 내 말을 끝까지 들어요. 듣기 괴로운 말은 전혀 없을 거예요. 자, 앉읍시다.”

그는 페르미나의 손을 잡고 벤치로 이끌었다. 페르미나는 포기했고, 가버리겠다는 생각은 하지도 못했다. 페르미나는 조아니가 조금 전에 자신이 산토스와 함께 정자에 있는 것을 봤다는 사실을 알고 있었다. 그런데 그에게 문제가 되고 있는 건 그런 게 아니고, 그녀가 이해하지 못하는 보다 심각한 것인 모양이었다.

그가 말했다.

“그 어떤 여인의 사랑도 나의 마음을 채우기에는 결코 충분하지 않을 겁니다. 내가 원하는 것, 그건 영광입니다. 진정한 영광, 그 누구도 요구하지 않는 영광. 성실한 것에, 그리고 실수 없이 과제를 해내는 것에 만족하지 않는 모범생들이 내 주변에는 있습니다. 이들은 온갖 종류의 자잘한 술수를 동원해서 그들의 입지를 강화하려는 욕구를 느끼고 있죠. 감독교사들에게 편의를 제공하려 들고 수업 시간에 선생들이 그럴듯한 말만 하면 웃음을 보이죠. 나는 그런 짓을 하지 않습니다. 나의 얼굴은 나의 영혼만큼이나 너무나 엄격하죠. 나는 공부에 대한 나의 열성을 전혀 과시하지 않고서 공부를 합니다. 하지만 페르미나 양이 내가 얼마나 악착스럽게 전력을 다해 공부를 하는지 안다면! 나는 칭찬을 받을 때도 무심한 척합니다. 요컨대, 모든 선생들이 내게 호감을 갖지 않고 있고, 그럼에도 불구하고 그들이 내게 최고 점수를 주지 않을 수 없다고 생각하는 게 좋습니다.

나의 학부모 대리인은 파리에 계신 쥘리엥 모로라는 소설가입니다. 그분은 유명한 모양이더군요. 나는 영광을 너무나 존중하기 때문에 세상 무슨 일이 있어도 절대로 바라지 않을 그의 영광마저도 존중합니다. 그분이 누리는 영광은 상사(商社)의 유명세와 비슷합니다. 그러한 유명세는 끊임없는 광고에 의해서만 유지되는 법이죠. 유력 인사들에게 제공하는 편의라는 형식으로 값을 치르고, 저녁 식사와 연회로 값을 치르고, 심지어 돈으로 값을 치르는데, 이것이야말로 이 소설가가 누리는 유명세를 밑받침해주는 광고인 셈이죠. 그러니, 그 사람은 영광이라는 것의 값이 얼마인지를 알고 있답니다! 어느 날 그분이 내게 이런 말을 하더군요. '인맥을 만들어. 그게 출세하는 유일한 길이야.' 이해하시겠죠. 그건 그분이 자신의 영광을 경멸한다는 소리죠. 그에게 자신의 영광이란 그가 행사하는 영업권이며 한 해에 엄청난 수입을 안겨주는 겁니다. 그분도 할 수만 있다면 자신만의 즐거움을 위해 글을 쓸 시간을 갖고 싶을 테고, 자신이 지닌 재능이라고 할 만한 것을 풀어놓고 싶을 겁니다. 하지만 악순환에 걸려든 거죠. 편집자들, 잡지 편집장들이 수많은 원고 청탁으로 그분을 압박합니다. 그를 가만히 내버려두는 법이 없습니다. 그분도 자신의 유명세가 올가미라는 것을 잘 알고 있습니다. 그가 죽고 나면 10년도 채 안 되어서 그의 이름은 깊은 망각 속에 파묻힐 겁니다. 그리고 그가 생전에 누렸던 그 유명세마저도 후대 사람들에게는 좋게 작용하지 않을 겁니다. 왜냐하면 그가 장년에 이르러 쓴 작품들 위에 쏟아진 경멸이 그의 초기 작품들까지 뒤덮을 텐데, 그분 말씀이, 초기 두세 작품은 고지식하게, 신념을 갖고, 열정을 품고 쓴 작품들이라서 그의 작품 중에서는 최상의 것이 틀림없다는군요. 저는 가끔 이런 생각을 했답니다. '왜 그 사람은, 이렇게 인위적인 유명세를 누리면서 자신의 재능이 무뎌져가는 것을 보느니, 재산은 보잘것없고 생전에 무명의 세월을 겪는다 해도, 사후에 영광을 누리는 쪽을 택하지 않는 걸까?' 그런데 어느 날 나 스스로에게 물었던 그 질문에 대해 끔찍스러운 답을 주더군요. 내가 그분에게 현대 미학 이론에 대해 말을 하는 중이었어요. '예술을 위한 예술. 아주 좋지.' 그분이 말하더군요. '하지만, 너도 알겠지만, 먹고는 살아야지.' 그러더니 아내와 아이들을 바라보더군요. 그는 가난할 권리마저 상실한 거랍니다.

　인생의 시발점에 서 있는 내게, 쥘리엥 모로의 예는 대조라는 방식을 통해 나의 본능을 일깨워주더군요. 나는 모로 씨의 예술적 삶을 인도하는 원칙들과 정확하게 상반되는 원칙들을 내 사회생활에 적용할 겁니다. 난 말이죠, 그 무엇에도, 그 누구에게도 얽매이지 않을 겁니다. 나의 고립은 철저할 겁니다. 이미 그렇기도 하고요. 나는 침묵과 어둠 속에 파묻혀 있을 겁니다. 나는 세상을 등질 겁니다. 나의 청춘은 보나파르트 중위의 청춘과 흡사하겠죠. 필요하다면 세상의 경멸과 어리석은 사람들의 빈정거림을 참을성 있게 받아줄 거고, 내 친지들이 짓는 불신의 미소에 침착하게 맞설 겁니다. 하지만 나의 태양이 떠올라 그들을 내리비추는 날 모든 사람들은 내게서 뿜어져 나오는 아침의 찬란한 태양 빛을 받으며 무릎 꿇을 겁니다!

난 기다릴 겁니다. 내겐 인내심이 있지요. 이미 그토록 오랫동안 기다렸으니까요. 내가 사고란 걸 하게 된 뒤로, 내게 감정이 생겨난 뒤로, 나는 내 안에서 천재성을 봤습니다. 그래서 무시당하는 습관을 들였습니다. 어렸을 때, 어머니가 나를 양장점이나 식료품점에 데리고 가면 난 양장점 주인도 식료품점 주인도 내가 천재라는 것을 알아보지 못하는 것에 놀랐어요. 놀란 내가 잘못이었죠. 내가 성인이 된 지금도 여전히 그들은 내가 천재라는 것을 알아보지 못합니다. 심지어 내가 우등생이라는 사실도 알지 못하지요. 혹은 어머니가 그런 사실을 애기해 줘도 그들은 잊어버린답니다. 그들은 내게 아첨하듯이 인사를 합니다. 하지만 그것은 나의 아버지가 견직공업으로 연간 25만 프랑을 번다는 말을 들었기 때문이에요. 그들이 경의를 표하는 대상은 내 안에 있는 돈의 위력이죠. 나는 경멸하는 그것이요. 그들은 훗날, 내가 침착하고 음산한 표정으로 선두에서 전군(全

軍)을 이끌며 말을 타고 지나가는 것을 보게 되어야 나에게 경의를 표할 겁니다!

내가 아홉 살 때, 심지어 일곱 살이었을 수도 있는데, 노인들이 우리 집에 왔던 때를 기억합니다. 그들의 인생은 이미 끝났고, 그들은 아무런 영광도 누리지 못하고 무덤의 문턱에 도달했지요. 아무런 영광도 누리지 못한다, 이 얼마나 끔찍한 말입니까! 그들이 영광을 갈망했던 적이 있기는 할까요? 그들의 영혼 속에, 원대한 희망이 부서진 자리에 장엄한 폐허가 남아 있기라도 할까요? 천만에요. 그들은 야심을 가져본 적이 없었어요. 그들은 파리에서 대학을 다녔지만 그 뒤 시골로 내려와서 공증인이나 소송대리인으로 자리 잡았죠. 그들은 평생에 걸쳐서 단 한 번도 비현실적인 그 무엇, 그러니까 위대한 그 무엇이라고는 결코 갈망해본 적이 없다는 것에 대해 자부심을 느꼈어요. 그런데 난요, 말이 별로 없는 사내아이였고, 눈에 띄지도 않았지만, 마음속에서는 그들을 경멸했답니다. 그들은 침묵을 지키며 삶을 가로질러왔는데, 그건 자연이 요구하는 대로 대지를 향해 고개를 떨군 채 천한 식욕의 노예가 된 짐승들과 다를 바 없지요……."

그는 잠시 망설였다. "방금 한 말은 살루스티우스*를 인용한 겁니다." 그러더니 계속해서 말을 이어나갔다.

---

*가이우스 살루티우스(Gaius Sallustius Crispus, B.C.86~B.C.36). 로마의 정치인, 군인, 역사가.

"하지만, 나는 그때, 영광이란 것이 무엇인지, 야심이란 것이 무엇인지, 내 안의 넘칠 듯한 이 모든 열정들, 그것들이 무엇인지, 그저 어렴풋이 알고 있는 정도였죠. 집에서는 장사치들, 금융인들, 그러니까 온갖 종류의 천박한 인간들을 맞아들여서 접대해야 할 일이 여러 번 있었어요. 내가 그들에게 말을 건 적이 한 번도 없어서, 왜냐하면 그 사람들 꼴을 보기만 해도 역겨웠으니까요, 그래서 그 사람들은 내가 정신박약아인줄 알고서는 '내 이름이 뭐지?'라고 묻곤 했죠. 하루는 그들 가운데 한 명에게 지나칠 정도로 느릿느릿하고 잔잔한 목소리로 이렇게 대답했죠. '얼─ 간─ 이.' 아버지한테야 따귀를 맞았지만, 내 장담하는데, 조금이나마 효과는 있었답니다. 그렇고 말고요.

오! 페르미나 양. 나의 겸손함과 나의 겸허함에는 한계가 없답니다! 어떤 인간이 대놓고 내 앞에서 자기 자신의 천재성을 부인하지 않는 한, 난 그 사람의 천재성을 믿어줍니다. 하지만 거의 대부분의 인간들은 순진하게도, 물론 그 순진함이 놀라울 정도이기는 하지만, 자신에게 천재성이란 조금도 없다고 주장하느라 허둥대죠. 심지어 이렇게 말하는 사람들도 있습니다. '약간의 비판정신을 갖게 되자마자, 그리고 조금이라도 똑똑하다면, 자신에게 천재성이 없다는 것을 알아차리게 된다.' 이리하여 그들은 자신들의 무능을 고백하고, 이 끔찍스러운 데미누티오 카피티스*를 스스로 떠안습니다. 이런 식으로 포기하는 모습을 내 얼마나 많이 봤던지요! 페르미나 양, **이제** 나의 신앙

고백을 들을 수 있게 됐습니다. 나는 비판정신을 경멸하고, 학문을 증오합니다. 나는 인간적인 열정만을 존중합니다. 왜냐하면 그것만이 현대사회의 온갖 어리석음들 가운데에서 유일하게 가치 있는 것이기 때문이죠!"

조아니는 줄곧 페르미나를 바라보고 있었다. 그는 그녀에게 헛소리들을 늘어놓았다. 다른 때라면 감히 스스로에게조차 말할 수 없었을 것들을 말이다. 하지만 어쨌든 그가 그녀를 압도했다. 그녀는 체념한 채, 그가 횡설수설하게 내버려두었다. 페르미나는 그곳에 앉아서, 조아니가 말을 끝맺기만을 기다리며 그가 하는 말들을 한 귀로 흘려듣고 있었다. 그가 다시 말을 이었다.

"나의 입장이 어떤 건지 조금이라도 생각해봐요. 마치 내가 지하에 엄청난 돈을 숨겨둔 남자처럼 여겨지지 않나요? 이 남자는 작은 도시에 살고 있고, 사치라고 불리는 것은 눈 씻고 찾아봐도 없는 이 작은 도시를 벗어날 수 없어요. 그는 자신이 소유한 엄청난 재산을 단 한 번도 쓰지 못하고서 다른 주민들과 마찬가지로 살아야만 합니다. 그 전설적인 부를, 남자가 그러한 부를 진짜로 소유하고 있다는 것을 이 작은 도시의 사람들

*능력저하. 가이우스의 《법학제요》에 나오는 표현으로, 처음부터 타고난 능력에 변화가 생기는 것을 의미한다. 가이우스는 능력저하의 정도는 크든가 작든가 할 수 있는데, 국적과 자유를 동시에 잃을 경우 능력저하가 매우 커진다고 말한다.

은 믿으려고 하지를 않죠. 그 남자가 자신이 소유한 엄청난 재산 이야기를 꺼내면 사람들은 코앞에서 웃어댑니다. 루이 부스나르가 쓴 《생테즈 씨의 비밀》이라는 책을 읽어봤나요? 나는 그 책을 아홉 살 때 읽었는데, 아직도 기억하고 있습니다. 그 책에는 이 세상에서 가장 부유하고 가장 박식한 사람이 주인공으로 등장합니다. 그 주인공이 바로 생테즈 박사죠. 그는 대번에 자신을 '전 세계의 주인'으로 만들어줄 자본을 소유하고 있지요. 그리고 나, 나 역시 은행에는 아니지만 내 안에, 전 세계의 주인이 되게 해줄 것을 갖고 있습니다! 나의 날이 오겠지요. 보나파르트 중위에게는 그런 날이 왔었잖아요. 조아니 레니오, 이 이름도 마찬가지로 근사하게 들리지 않나요? 아버지 어머니에게 아첨하느라고, 우리 집의 하인들은 기꺼이 내게 이렇게 말하죠. '조아니 군, 언젠가는 부자가 될 겁니다.' 그 사람들은 실제로 내가 얼마나 부자가 될지는 거의 짐작도 못하고 있어요. 아마 알게 된다면 부러워 죽을 겁니다. 내 천재성의 증거를 원하나요? 그렇다면 들어봐요.

몇 년 전, 아버지는 나를 생토귀스탱에 입학시키기 전에, 리옹의 우리 동네에 있는 초등학교에서 잠시 공부하게 했었죠. 이 말을 안 할 수는 없는데, 아버지는 정확히 어떤 자리인지는 모르겠지만 뭔가 공직에 후보로 나서려는 계획이었어요. 그래서 천한 것들에게 아부하기 위해서 날 그 학교에 다니게 했던 거죠. 그런데 나는 한 달 후에 그 학교를 떠날 수밖에 없었습니다. 학생들 모두가 나를 못살게 괴롭혀서 계속 있었더라면 목숨을 잃고 말았을지도 몰라요. 사람들은 그 아이들이 내가 입고 다닌 부르주아의 의상, 나의 예의범절, 내 아버지의 부유함을 질투한 거라고, 요컨대 내가 그들과 같은 부류, 그러니까 불량소년이 아니어서 마음 상한 거라고 생각했죠. 물론 나에 대한 그들의 증오 속에는 이 모든 감정들이 조금씩 다 들어 있었습니다. 하지만 그 증오는 정말이지 너무 강했어요. 내 안에 천재성을 타고난 인간이 존재한다는 것을 알아챘기 때문이지요. 그들이, 그 갈리아의 아이들이 본능적으로 박해한 사람, 그건 바로 천재성을 타고난 인간이었던 거죠.

사람들은 속으로 생각했다. "저 사람은 우리와는 다르다."

아! 그들을 내가 이끄는 군대의 거대한 용광로 속에 집어넣고 로마제국의 국민 모두와 뒤섞어버린 뒤, 그 내지(內地)의 야만스러운 갈리아인들을 로마의 시민으로 만들어버린 뒤, 내가 그들로 구성된 군단의 선봉에 서서 지나가는 날, 그들, 예전에 나를 모욕하던 그들은 어떠한 마음으로 '아베 카이사르!'*를 외칠까요! 그리고 그들의 증손자의 손자들이 역사 교과서에서 나의 일생에 관한 이야기를 읽는 날, 그 아이들은 나에 대한 감탄

*카이사르여, 평안하길! 로마 제정 때 황제에게 건네던 간단한 인사말.

과 애정으로 흐느끼지 않겠어요!"

조아니는 침착하게 페르미나를 바라봤다. 그녀 앞에서 언제까지고 이렇게 자신의 영혼을 발가벗겨 보일 수도 있었을 것이다. 그는 그러면서 엄청난 쾌락을 느꼈다. 그는 페르미나를 더는 존중하지 않았다. 아니, 적어도 그녀와 함께 있다고 해서 더는 거북하지 않았다. 그는 일어섰고, 자신이 먼저 대담을 마치려고 했다.

"페르미나 양, 더불어 쉬는 시간을 보내는 즐거움을 더는 가질 수 없게 되었다는 사실을 알려주러 왔어요. 앞으로 다가올 8월과 9월 동안 야외에서 시간을 보내려고, 여름방학이 되기 전에 수채화 레슨을 받게 해달라고 아버지에게 허락을 구했거든요. 아버지가 허락을 하셨고 미술 교사를 만났지요……. 꽃 그림부터 그리게 될 겁니다. 아주 흥미로워요. 간단히 말해, 앞으로는 오후의 쉬는 시간을 화실에서 보내게 될 겁니다. 이제 그만 가봐야겠군요. 페르미나 양의 고모님, 그리고 여동생과도 작별을 해야겠네요……. 페르미나 양……."

그는 정중하게 고개를 숙였다. 조아니는 페르미나가 손을 내미는 것을 보고 깜짝 놀랐다. 페르미나는 놀랄 정도로 열렬하게 악수를 해왔다. 정말로, 그녀는 조아니의 손을 꼭 쥐고 놓지 않았다.

즉각 그는 마마 돌로레와 작별 인사를 나누러 가서 똑같은 변명을 하고 똑같은 거짓말을 늘어놓았다. 그는 속으로 생각했다. '마마 돌로레는 수채화 레슨이 핑계일 뿐이라는 것을 알았을까?' 필라르는 확실하게 알아챘다. 그는 필라르가 보내는 작별의 눈빛에서 아쉬움을 본 것 같았다. 그 눈은 "나라면 거부하지 않았을 텐데"라고 말하고 있었다. 하지만 그 누가 알 수 있겠는가? 조아니는 차분히 사리를 따져봤다. '결국 그 눈빛을 내가 잘못 해석했을 수도 있는 일이니까. 그리고 나도 다른 사람들과 마찬가지로 내 몫으로 타고난 자부심이 있지 않겠어?'

어쨌든 조아니는 학생 감독관과의 면담을 신청하러 갔다. 아버지에게야 물어보나 마나 당연히 허락할 테니 그날 저녁 편지로 허락을 구하기로 하고, 아버지의 허락이 떨어지기를 기다리지 않고 다음 날부터 당장 수채화 레슨을 시작할 작정이었다. 수위는 대기실에서 기다리라고 했다. 그는 대기실에 걸려 있는 거울 앞에 자리 잡게 되었다. 중등학교 안에 들어서면 자신의 모습을 비춰 보여주는 것이 아무것도 없기 때문에, 자신의 얼굴이 곧 스스로에게 낯설어졌고, 자신의 얼굴보다 급우들의 얼굴을 더 잘 알게 됐다. 몇몇 나르시스들은 아주 조심스럽게 몰래 사용하는 휴대용 작은 거울들을 갖고 있었다. 하지만 조아니는 그런 부류가 아니었다. 그래서 그는, 사람들이 알고는 있지만 매번 만날 때마다 그 얼굴을 뜯어보게 되는 인물을 다시 만난 것처럼, 거울 속에서 자신의 이미지와 다시 만났다.

사람이, 능력껏 자신의 얼굴 표정을 변화시켜보려 하는 것은, 거울에 비친 자신의 모습을 바라보면서이다. 조아니는 괴로움과 놀라움이 뒤섞인 마음으로, 가장 습관적인 자신의 정신 상태가 몇 가지 자신의 얼굴 표정에 분명하게 적혀 있는 것을 알아봤다. 두 눈의 지나치게 조심스런 표정, 그리고 이마에 새겨진 이 주름. 바로 그가 사라지게 해야 할 것들이었다. 그렇다. '엄격한 얼굴.' 바로 그것이었다. 윤기 없는 안색, 갈색의 눈, 그리고 특히 거의 움직임이 없는 얼굴 근육들, 웃음 짓지 못하는 두 뺨. 무겁고 딱딱한 얼굴이나 섬세한, 거의 고전적인, **로마인**의 모습이기도 하다.

학생 감독관의 집무실에서 수위를 부르는 벨 소리가 났다. 곧 수위가 돌아와서 "레니오 학생"이라고 알렸다.

레니오 학생은 학생 감독관에게 인사를 했다. 그는 수채화 레슨을 받고 싶다는 자신의 욕망을 피력했다. 몇 분이 지나자 모든 것이 해결됐다. 그러고 나서 조아니는 이제 자신의 쉬는 시간들은 이 수업에 바쳐지기 때문에 '마르케스 집안 여인들'이 정원에서 산책할 때 따라갈 줄 수 없게 되었다고 말했다. "제 대신 그분들을 모실 다른 학생을 지목하는 것이 적절할 것 같습니다." 조아니는 이 말을 약간의 빈정거림을 담아서 덧붙였지만 학생 감독관은 전혀 눈치채지 못했다.

"그렇군. 하지만 어떤 학생을?"

"제 생각에 산토스 이투리아라면 그분들도 좋다고 할 것 같습니다."

"좋아. 이투리아 군에게 내가 할 말이 있으니 이리로 오라고 전해주게……. 아! 레니오 군." 조아니가 문을 향해 걸어가는데 학생 감독관이 덧붙였다. "이 소식을 지금 전해도 되겠군. 교사위원회에서 대주교 예하에게 라틴어로 답사를 할 사람으로 자네를 골랐다네. 대주교 예하께서 영광스럽게도 보름쯤 후에 우리 학교를 방문하실 예정이지. 준비하고 있도록. 진심으로 축하하네. 그리고 이러한 상황에서 자네가 우리 학교의 명성과 자네의 명성을 뒷받침해주리라 확신하네. 더는 붙잡고 있지 않을 테니, 가보게나."

벌써 자습 시간이었다. 레니오는 철학반 자습실 앞을 지나가다가 문을 열고 들어갔다. 그는 감독교사에게 산토스 이투리아를 집무실로 오라고 하는 학생 감독관의 명령을 전달했다. '이로써 놈은 두 사람의 면담을 주선한 사람이 나라는 것을 알겠지.' 조아니는 생각했다. 그는 전혀 질투를 느끼지 않았다.

심지어 만족스럽기까지 했다. 자신의 자습실로 가서 자기 자리에 앉자마자 차분하게 이 만족감이 어디에서 오는지 그 이유들을 찾기 시작했다. 우선은, 학생 감독관이 방금 그에게 전해준 엄청난 소식이 원인이었다. 대주교에게 라틴어로 답사할 학생으로 자신이 지목됐다는 것. 그건 그 자신이 감히 바라지도 못했던 명예였다.

'다른 애들이 이 소식을 알게 된다면! 그리고 부모님도!'

그런데 그에게 보다 많은 만족감을 준 뭔가 다른 것이 있었다. 그것은 방금 페르미나 마르케스를 상대로 그가 늘어놨던 연설이었다. 그는 그 연설을 즉석에서 만들어냈었는데, 그건 마치 쉬는 시간에 교정을 걸어 다니면서 가장 훌륭한 프랑스어 작문을 만들어내는 것과 같았다. 그는 작문을 여러 날 '머릿속에' 넣고 다니면서, 수정하고, 다시 손보고, 부사를 없애보고, 문장 일부를 몽땅 자리바꿈해댔다. 그러고는, 과제 제출 마감 한 시간 전에, 곧바로 종이에 정서하는데, 틀려서 줄을 좍좍 긋는 일이 단 한 번도 없었다. 그래서, 하려고만 든다면, 소녀를 상대로 했던 결별의 연설을 망설이지 않고 처음부터 끝까지 낭송할 수도 있었을 것이다. 그는 이 사실이 아주 만족스러웠다. 이번에는 자신이 우스꽝스럽지 않았다고 확신했다.

약간 날카로웠다 싶은 단어 몇 개, 예를 들어 "장사치들, 금융인들, 온갖 종류의 천박한 인간들" 같은 단어들이 약간 마음에 걸리는 정도였는데, 그도 그럴 것이 바로 마르케스의 아버지가 금융인이지 않은가! 하지만 천만에, 그건 어리석게 지껄인 말이 아니었다. 조아니는 말하는 내내, 마음 저 밑바닥에 숨어 있던 힘이 자신을 밀어붙여서 지금 이런 말을 하고 있다고 생각했다. 이 모든 말은 그가 생각하는 것보다도 의미로 더 꽉 찬 말들이라고. 요컨대, 그는 여전히 거짓말을 했던 것이다. 예를 들자면, 그의 천재성에 관한 말. 자신에게 천재성이 존재한다는 사실을 스스로에게 단언한 것은 그때가 처음이었다. 《벤

자민 프랭클린의 생애》를 읽을 때면, 그는 자기 자신의 천재성
에 대해 믿지 못했다. 수업 시간에 교사가 다른 학생의 과제를
읽어줄 때, 그는 수천 가지 섬세한 생각에, 그러면 결코 찾아낼
수 없을 수천 가지 번역의 기교에 놀랐다. 얼마나 여러 번 다음
의 시구에 표현된 감정의 진실성을 경험했던가.

깜짝 놀란 나의 재능이 그의 재능 앞에서 떨고 있다.

사실, 그는 살아오면서, 자신이라는 인물이 세상을 가득 채
운 듯한 몇몇 순간들을 누리기 위해, 스스로가 하나의 점으로
졸아든 듯 느껴지고, 세상이 너무 거대하여 자기 자신은 무가
치하다는 생각에 공포를 느껴야 했던 나날들을 대가로 치렀다.
그러니까 자신의 겸손함과 겸허함에 대한 그의 이야기는 진지
한 것이었다. 하지만 그는, 자신의 천재성을 보여주는 **증거**라
고 명명했던 사건 이야기를 꺼내면서는 다시 책략을 사용했다.
박해에 관한 이야기를 하면서는 다음과 같은 생각들을 은연중
에 결부시켰었다. 장자크 루소—피해망상증—천재성. 그 증거
는 이중적이었다. 한편으로 그것은 그가 천재라는 뚜렷한 증거
다. 천재라서 과거에 박해당한 일이 있노라고 말했다는 점에서
는 말이다. 다른 한편으로 그것은 그가 천재라는 자명한 증거
다. 천재란 사람들은 자신이 박해당하고 있다고 스스로 믿는다
는 점에서는 말이다. 오! 그건 정말 강력한 논리였다!

결국, 그 모든 유창한 말은 이것으로 귀결되었다. "당신은 산토스 이투리아와 나 사이에서 선택을 했어요. 좋아요. 하지만 당신이 거절한 사람이 어떤 사람인지를 안다면 내가 아쉬울 겁니다!" 그는 그녀가 이투리아를 상대로 교태를 부렸다고 비난하거나, 그러한 행동이 그녀의 종교적 언사에 얼마나 위배되는지를 말해줄 생각은, 한마디로 그녀의 위선을 비난할 생각은 단 한순간도 하지 않았다. "바로 그게 그녀가 두려워하던 것이었지!" 이런 이유로 그의 작별 인사가 그토록 정중했던 것이다.

그는 갑자기 페르미나의 여동생의 진지하고 아름답던 두 눈과 그 두 눈에 담겨 있던 아쉬움이 생각났다. '나라면 거부하지 않았을 텐데.' 그는 필라르의 몸짓과 어여쁜 태도를 전부 떠올렸다. 어느 날인가 필라르의 커다란 리본이 풀려서 그녀의 머리카락이 아무 장식도 없이 어깨 위로 펼쳐진 것을 보았다. 새까만 머리카락은 건드리면 묵직하고 단단한 느낌이 날 것 같았다. 페르미나가 머리를 한 움큼 쥐어서 리본으로 다시 묶어주었다……. 저 두 소녀는 한 침실에서 잠이 들까……? '나라면 거부하지 않았을 텐데.' 그는 그 눈빛에 대한 추억을, 마치 그것이 얼굴을 붉히게 하고 그의 피를 자극하는 진짜 애무에 대한 추억인 양 곱게 간직했다.

거의 매주 목요일마다 레케나(초등학교 4학년)의 어머니와 누이들이 생토퀴스탱에서 와서 오후를 보냈다. 대담한 눈빛의 쿠바 소녀 셋이었다. 필라르, 엔카르나시온, 그리고 콘수엘로는 각기 열여섯, 열다섯, 그리고 열네 살이었다. 조아니는 세 소녀에 대한 이야기를 들은 적이 종종 있었고 자주 봤었다. 들리는 말에 의하면, 그 소녀들은 정원의 구석진 곳 어디에서고 입맞춤에 응한다고 했다. 그 소녀들은 입맞춤을 해주는 사람 때문에 입맞춤을 좋아하는 것이 아니라 입맞춤을 입맞춤 자체로 좋아했다. 그래서 소녀들은 질투를 몰랐고, 그러니 열여섯 살짜리의 입술이 열네 살 혹은 열다섯 살짜리의 입술보다 더 달콤한지를 놓고 비교, 판단이 가능했다.

열다섯 살. 조아니는 열다섯 살, 열여섯 살, 열일곱 살 등, 오직 이런 나이들을 부르는 말에만 뭔가 관능적인 것이 있다는 것을 알게 되었다. 커다란 목소리로 그 나이들을 말해보고 소녀들을 생각해보라……. 내년에는 개학하자마자 목요일 오후를 정원에서 보낼 방법을 찾아보리라……. 오! 그 자부심 강하다는 십대 소녀 한 명을 길들여보리라. 들리는 말에 의하면, 소녀들은 그 도도한 태도에도 불구하고 아주 다정하단다. 레케나의 누이들이 다음 주 목요일에 온다면 당장에라도…….

아니면 방학 동안이라도. 틀림없이 기회를 잡을 수 있을 것이다. 부모님의 시골 저택에서 아주 멀리까지 나가봤던 어느 날(지난 여름 방학이었다), 들판 한가운데 서 있던 어느 양치는 소녀가 부모님의 시골 저택에서 일하고 있는 하녀에 대한 소식을 묻겠다며 자신을 불러 세웠던 적이 있다. 그런데 조아니, 이 둔치는 그것이 시골 처녀가 '성에 사는 어린 신사'와 관계를 맺어보려고 궁리해낸 구실일 뿐이라는 것을 알아차리지 못했다. 아! 만약 그 비슷한 기회가 다시 나타난다면 그런 기회가 손아귀에서 빠져나가도록 내버려두는 일은 없을 텐데. 마침, 그는 8월 말쯤에는 열여섯 살이 된다. 그로서는 그런 방면으로 약간 몸을 풀어볼 때가 된 것이다.

그는 또한 전에 부모님이 고용했던 어린 하녀를 떠올렸다. 그가 갓 열두 살이 되었을 때였다. 어린 하녀는 루이즈라는 이름으로 불렸으며 열아홉 살이었다. 어느 날 하녀가 그의 납 병정 인형을, 그가 유독 애착을 가졌던 납 병정들을 지휘하는 장군 인형을 훔쳐갔다. 하녀는 그 장난감을 자신의 블라우스 안에, 속옷과 피부 사이에 감추는 시늉을 하더니 조아니에게 말했다.

"도련님이 그걸 원한다면 거길 찾아보세요."

그래서 그는 굉장히 성이 난 척하면서, 하지만 실제로는 당황하고 쾌감으로 얼굴이 벌게져서 "거길" 뒤졌었다……. 어쩌면 이번 여름방학 동안 본가에서 루이즈 비슷한 어린 하녀를 발견하게 될지도 몰랐다. 그 루이즈는 아주 청결했고 아주 친절했다. 그래 봤자 하녀라고? 쳇! 여자는 여자일 뿐.

그리고 필요하다면, 자전거를 타고 부모님의 시골 저택에서 가장 가까운 레니 역으로 갈 수 있을 것이다. 정오에 식사를 하고 나자마자 곧바로 출발한다면 두 시간을 오롯이 로안에서 보낼 여유가 생길 것이다. 저녁 시간에 맞게 돌아오면 집안사람

누구도 그가 시내에 갔었다는 의심을 하지 못할 것이다. 그 어 떤 옷을 걸치고 있든 여자는 여자이기 마련이다. 조아니는 두 손으로 가슴을 꼭 눌렀다. 정신이 혼미해졌고 열이 바짝 올랐 다. 하마터면 죽을 뻔했다.

"……꿈속에서 샹젤리제로 내려온 현자 멘토르를 본 것 같 았다. 그 꿈이 끝내 나의 용기를 앗아갔다. 은밀하고 달콤한 나 른함이 나를 덮쳤다. 나는 이미, 핏줄에서 핏줄을 타고 흐르며 골수까지 뚫고 들어오는 아첨이라는 독에 빠진 상태였다. 그럼 에도 불구하고 여전히 한숨을 푹푹 내쉬고 있었다. 나는 씁쓸 한 눈물을 쏟았다. 분노로 어쩔 줄 모르며 사자처럼 포효하였 다. 오 불행한 청춘이여! 나는 생각했다. 오 잔인하게 인간들을 갖고 노시는 신들이시여, 왜 당신들은 이 나이를, 광기와 뜨거 운 열기의 시기인 이 나이를 통과하게 만드십니까? 오! 왜 나 는 백발로 뒤덮이지 않고, 나의 조상 라에르테처럼 등 굽어 무 덤과 가까워지지 않았는가! 죽음이 지금 내가 빠져든 수치스러 운 나약함보다 훨씬 더 달콤하리라."

조아니는 《텔레마크의 모험》* 전체를 통틀어서 꼭 두 대목 만 좋아했다. 5편에 나오는 크레타 섬의 현자들을 묘사한 대목 과 텔레마크가 청춘 특유의 과장으로, 격정에 사로잡히면서까 지 청춘을 저주하는 바로 위의 대목이었다. 그는 그 대목을 다시 읽어보고 싶었다. 그가 과거에 그 대목에 찬탄했다면, 그때까지는 그것이 다른 젊은이들의 청춘이란 것이 무엇인지를 그려 보여주기 때문이었다. 그 분노, 그 "광기와 뜨거운 열기의 시기", 바로 이것이 다른 젊은이들이 알고 있는 것이었다. 조아니, 그는 자신의 책과 공책에 푹 파묻혀서, 자만심으로 갑옷을 두르고, 야심으로 무장한 채, 그 모든 것에서 물론 벗어나 있었다. 그런데 그가 지금 그 대목을 좋아한다면, 그것은 거기에서 자기 자신의 정신 상태를 충실하게 묘사한 표현을 발견했기 때문이었다.

지금 당장이야 잠잠한 상태지만, 며칠 뒤, 어쩌면 한 시간 뒤라도, 죄악이 공격을 재개하고, 욕망의 소용돌이가 다시 그의 이성을 앗아갈 수도 있는 일이었다. 이제 그의 유년기는 끝났다. 청춘기가 시작되었다. 그의 의도와 무관하게 시작되었다. 그에게는 그 열기와 광기가 얼마나 지속되려나? 그가 추구하던 영광을 향한 프로젝트를 포기해야 할 것인가? 어쩌면 그의 경력이 5년 혹은 10년쯤 늦춰지게 될까? 더 이상 평온함은 없었다. 아마도 반에서 선두 자리는 유지할 것이다. 아마도 시험을 보면 뛰어난 성적을 거둘 것이다. 하지만 그러기 위해서는 그 어떤 투쟁을 대가로 치를까. 얼마만한 동요 속에 빠져들

*프랑스의 사상가 페늘롱(F. S. Fénelon)이 1699년에 발표한 소설. 그는 자신이 교육을 맡고 있던 왕손 부르고뉴 공을 위하여 호메로스의 《오디세이아》 후일담이라는 형식을 빌려 이 소설을 썼다. 아버지 오디세우스를 찾아 여행을 떠난 텔레마크(텔레마코스)가 노인 멘토르의 모습을 빌린 미네르바의 인도를 받아가며 여러 나라를 돌아다닌다는 편력담이다.

어야 할까! 만약 그가 적어도 자신의 신앙을 간직했더라면 정열과의 투쟁에서 신을 연합군으로 가졌을 것이다. 하지만 오래전부터, 그에게 종교란 몇몇 독실한 늙은이들의 한물간 이상에 지나지 않았다.

조아니가 바라는 건 노년이 아니라, 청춘의 혈기가 지나가고 난 뒤, 그가 이번에야말로 새롭게 자신의 사전과 자신의 공책을—혹은 세상의 그 어떤 책보다도 훨씬 더 흥미로운 자신의 삶과—마주하고 앉을 수 있는 그런 나이였다. 어떤 소녀 하나가 그를 막 밀어낸 참이었고, 그는 그 소녀가 자신을 책과 위대한 미래의 구상으로 다시 돌려보내줬더라면 그녀에게 고마워했을 것이다. 하지만 그녀는 그를 자신의 여동생에게로, 여동생들에게로, 모든 여인들에게로 돌려보냈던 것이다.

그러니 조아니가 얼마나 지쳤겠는가! 삶은 무미했다. 최근에 수석을 했다는 것, 그 생각을 해도 어떠한 즐거움도 느껴지지 않았다. 심지어 영광에도 흥미가 없었다. 그 쿠바 소녀들 가운데 가장 어여쁜 엔카르나시온, 아니다, 그 소녀 생각도 하지 않는 편이 낫겠다. 어쩌면 이번에도 그곳에서 기다리고 있는 것은 실망뿐일지 몰랐다. 피로에 지치고, 의기소침해져서, 세상과 자기 자신에 대한 불만에 시달리며, 조아니는 자기 학급을 따라서 공동침실로 올라갔고, 바라는 것이라고는 잠에 취해 자기 자신을 잊는 것뿐이었다.

그는 잠을 잘 자지 못했고, 기상 북소리를 듣고서야 잠에서

깼다. 밤새도록 대주교 앞에서 라틴어 답사를 읊는 꿈을 꿨는데, 오레 로툰도*, 아름다운 접미사와 고귀한 어미들을 끝도 없이 말했던 것 같았다. 아분투, 아렌투르, 이부스, 아룸…….

*라틴어로, '입을 둥그렇게 벌리고'를 의미한다.

XVIII

그리하여 산토스 이투리아가 자신이 정복한 여자의 이의 없는
주인이 되었다. 한 달 후면 그는 2차 바칼로레아*를 보러 파리
로 갈 텐데, 그가 좋은 점수로 합격할 가능성은 압도적으로 높
았다. 철학반 급우들이 쉬는 시간을 활용해 교과서에 나온 간
단 요약들을 머리에 쑤셔 넣고 있는 동안, 산토스는 페르미나
마르케스와 단둘이 정원을 거닐었다. 마마 돌로레가 둘만의 산
책을 허락했다. 그녀는 이투리아 형제에게 늘 사족을 못 썼었
다. 성신강림축일에 프리드란드 대로변에 위치한 에스파냐 성
당에서 나오는데, 무척이나 우아한 어떤 젊은 신사가 미소를

*1965년까지 바칼로레아는 1차와 2차로 나뉘어 시행되었다. 1차 시험을 통과해야
만 마지막 학년으로 올라갈 수 있는 자격과 바칼로레아에 응시할 수 있는 자격을
갖게 되었다.

띠며 다가왔고, 마마 돌로레스는 갑자기 그 신사가 쓰고 있는 윤이 잘잘 흐르는 실크해트 밑에서 상큼하고 개방적인 산토스의 아름다운 얼굴을 알아봤다. 그 일요일 이후 마마 돌로레스는 유난히 산토스 이투리아를 애지중지하기 시작했다. 그건 그가 진정한 남자이기 때문이었다. 그 식민지 태생의 백인 여인의 말을 빌리면, "그것도 최상류 계층의 남자"이기 때문이었다.

하지만 마마 돌로레스는 이미 두 차례나 파리에서 산토스를 만났었다. 하지만 그때는 밤이었고, 반쯤 잠이 들었거나 혹은 주의력이 풀어진 상태였기에, 가까스로 그를 알아봤었다. "어머나. 그러니까 외출 허락을 받았나요?" 하루는 저녁 아주 늦게, **치카**에게 팔찌를 가져다주려고 그가 직접 와그람 대로의 저택에 왔었다. 그 멍청한 것이 테니스를 치다가 생토귀스탱 정원에 팔찌를 떨어뜨렸지 뭔가. 또 한 번은, 그녀가 조카들을 데리고 오페라코믹 국립극장에서 나오다가 정말로 우연하게 산토스를 만난 적이 있었다. 그는 일반인 복장 밑에 입고 있는 생토귀스탱의 교복을 제대로 감추지 못한 상태였다. 마마 돌로레로서는 전혀 이해할 수가 없는 사태였는데, 치카가 이투리아 군에 대해서 생토귀스탱의 학생 감독관에게 아무 말 하지 말아달라고(이유는 설명하려고 들지 않으면서) 애원한 만큼 더욱 더 그러했다.

하지만 마마 돌로레스는 포석이 깔린 파리의 길에서 훤한 대낮에 산토스, 프록코트를 걸치고 밝은 색깔의 장갑을 끼고 세련된 구두를 신은 산토스를 한 번 본 뒤로는, 모든 사람들에게 그에 대한 이야기를 해댔다. 마마 돌로레는 확 빠져버렸다. 그녀는 산토스 이투리아에 대한 칭찬을 늘어놓으려고 일부러 콜롬비아에 있는 오빠에게 편지까지 보냈다. 그리고 이투리아 가문에 대한 정보를 얻으러 멕시코 공사관에 갔다. 거기서 얻은 정보는 아주 만족스러웠다. 마마 돌로레는 치카를 염두에 뒀다. **이 코모 노**(그래, 왜 안 되겠어)? 당연히 아직 시간이 있었다. 둘 다 아직 그렇게 젊은데! 그런데 조카는 그를 어떻게 생각하고 있는 걸까? 바로 그게 관건이었다.

하지만 그걸 알아보기가 어렵지는 않았다. 성신강림축일 뒤로, 치카는 지나치게 쾌활하다가는 깊은 생각에 빠져들곤 했다. 생토귀스탱에 가는 날이면 평소보다 몸치장에 한 시간은 더 썼다. 치카는 사랑을 받고 있었고, 어쩌면 사랑에 빠졌는지도 몰랐다.

페르미나는 처음에는 마음이 무척 아팠다. 그 가여운 레니오 군을 절망으로 내몰았다고 생각했다. 하지만 그게 그녀의 잘못이었나? 그녀가 저지른? 게다가 그는 아직 아이가 아닌가. 그다음에는 부끄러움의 감정을 느꼈다. '나에 대해 뭐라고 생각하겠는가?' 그런 고백을 절대로 그에게 하지 말았어야 했고, 그녀가 여전히 순진하고 경건한 때 품고 있었던 그 모든 순수한 생각들을 결코 알리지 말았어야 했다. '위선자! 틀림없이 날보고 위선자라고 하고 있겠지!' 그녀는 그렇게 생각했고 심장을 후회에 갉아 먹히면서 신이 자신을 버린 것에 대해 이렇게 벌을 주나 보다는 생각을 했다. 여전히, 용기를 그러모아 겨우겨우 기도할 뿐이었다.

하지만 세상은 우리를 단죄하는 대신 우리의 감정을 품어주나 보다. 그녀가 조아니 레니오를 상대로 자신이 품고 있는 경건한 생각들을 털어놓기로 작정한 바로 그 순간, 그녀는 인간적 사랑으로 기울어지는 자신의 마음의 움직임에 맞서 투쟁하기 시작했다. 그녀가 그런 경건한 대화를 추구했던 것도, 그때까지 조심스럽게 간직해오던 그 모든 이야기들을 털어놓았던 것도, 죄악에 대해 좀 더 강하게 저항하기 위해서였다. 그녀의 기대는 빗나갔다. 그녀가 자신의 종교적 열의를 자유롭게 마음껏 표현할수록 그 열의는 그녀를 떠나갔다. 자신도 모르는 새, 그 사내아이는 페르미나의 신앙심이 임종을 거두는 장면을 목도했던 것이다. 그가 들었던 것은 그 죽어가는 신앙심이 내지르는 비명소리였다.

어느 날 저녁, 페르미나는 침실로 돌아오자마자 흐느끼며 양탄자 위에 철퍼덕 주저앉았다. 그녀는 겸손해지고 싶었고, 자기 안에서 느껴지며 그녀를 제압하려 드는 그 모든 죄악을 없애버리고 싶었다. 그래서 천정을 보고 똑바로 누워서, 두 발을 모으고 두 팔을 십자가 모양으로 벌린 채 한 시간 동안 꼼짝않고 있기로 결심했다. 하지만 곧 견디기가 힘들어졌다. 호흡이 곤란해지고, 관절은 쑤셔대고, 머릿속 혈관이 터질 듯이 부풀어 올라, 더 오래 그러고 있을 수가 없었다. 일어나서 자명종을 들여다봤다. 겨우 10분 버텼을 뿐이었다. 그러자 페르미나는 자신이 죄악이라고 부르는 것 속으로 화끈하게 뛰어들었다. 그녀는 변명거리를 찾지 않았다. 그녀는 한 남자를 사랑했고, 이것은 그녀의 영혼이 타락했다는 의미였다. 그녀는 사랑했다. 그녀의 밤은 어찌나 아름다운지 그 밤을 통째로 살아냈고, 그 검은빛에 물든 매 순간을 감미롭게 들이마셨고, 그러다가 날이 밝아올 때에서야 잠이 들었다.

그때부터 그녀에게는 잊을 수 없는 밤들이 시작되었다. 절대 눈을 감을 수 없었기 때문에, 그녀는 책을, 그때까지 경멸해 마지않던 바로 그 세속의 책들을 밤마다 읽었다. 루이스 콜로마 신부의 《사소한 일들》*, 그리고 호르헤 이삭스의 《마리아》를, 그리고 카를로스 마리아 오칸토스의 아르헨티나 소설 몇 권을 차례차례 읽었다. 하지만 이 작가들에게 지긋이 주의를 기울이기에는 너무 머리가 복잡했다. 페르미나의 독서는 한 페이지, 한 페이지를 상대로 벌이는 투쟁이었다. 수시로, 페이퍼 나이프를 읽고 있는 책장 사이로 밀어 넣었고, 책의 단면을 확인하여 이미 읽은 페이지 분량과 앞으로 읽어야 할 페이지 분량을 비교했다. 하지만 가끔씩은, 문장의 완벽한 의미를 파악할 수 있을 정도로 자신을 잊었다. 그러면 그녀는 등장인물들

*예수회 신부인 루이스 콜로마가 1880년경에 쓴 작품이다.

에 흥미를 가졌다. 그녀에게 소설이란 뭔가 새로운 것이기 때문에, 줄거리 뒤에 있는 문학적 기법들, 이미 알고 있는 것, 여기저기서 사용되고 있고 결국엔 단순과거와 세상의 모든 소설들에 대해 질리게 만들고 마는 오래된 장치들을 보지 못했다. 그녀는 무대 뒤를 들여다본 적이 한 번도 없어서 딴생각 없이 무대에 찬탄을 보내는 그런 관객들 같았다.

그녀는 침실에 들어서자마자 독서를 시작했다. 드레스를 입고 있으면 자신이 더 예쁘다고 여겨져서, 저녁 드레스도 벗지 않고 침대에 길게 누웠는데, 드레스가 구겨지든 말든 무심했다. 정말이지, 소설 속 인물들의 연애 이야기는 그녀에게서 거의 흥미를 불러일으키지 못했다. 그녀 자신의 마음이 넘칠 정도의 수많은 감정들로 가득찬 데다가 자기 자신의 연애 이야기가 너무나 아름다웠다. 만약 소설 속의 그 배신자가 산토스 이투리아의 친구였더라면, 그 인간은 행실머리를 고쳤을 것이 틀림없고, 그랬더라면 최후의 참사는 일어나지도 않았을 것이다. 그녀는 《사소한 일들》의 여주인공 쿠리타를 동정했다. 그녀는 모든 여주인공들을, 그들이 심술궂든 혹은 불행하든 간에, 가엾게 여겼다. 그 여주인공들은 위로해줄 혹은 타락으로부터 구해줄, 산토스 이투리아의 사랑을 갖지 못했으니까……. 그녀는 책을 덮고 자신의 행복에 대해 생각했다. 그녀는 자신을 둘러싼 것들 위로 다정한 눈길을 던졌다. 샹들리에의 전구들, 벽난로 위와 둥근 거울 양옆으로 늘어선 벽등들, 이 모든 빛들이 순수하게, 흔들림 없이 빛나면서, 부(富)에 둘러싸인 안전을 보여주고 있었다. 회자색 물결무늬 비단으로 도배한 벽, 묵직하고 호사스러운 가구들, 바닥 전체를 덮은 두툼한 양탄자, 그림의 금 테두리, 테이블, 청동 상감된 작은 원탁, 투명유리 패널이 달린 문 세 짝짜리 장롱, 이 모든 물건들을 흐뭇하게 바라봤다. 몇 주 전만 해도 그것들을 증오했었다. 그것들은 부자들은 하늘의 왕국으로 들어갈 수 없다는 사실을 떠오르게 하고, 그것들은 모든 불행한 이들, 무료 숙박소에서 잠자리를 구하는 이들, 세상 밑바닥으로 추락하여 영혼까지 헐벗은 가련한 이들을 떠올리며 번민하게 하기 때문이었다. 지금은 오히려 그것들을 사랑했다. 그녀의 마음을 다스리는 왕에게는 이러한 호사가 어울렸다. 그녀 자신 때문에 그것들에 집착하는 것이 아니었다. 만약 그가 소박하고 거친 생활이 이루어지는 학교에서 나와서 그녀의 집에 며칠 묵으러 오기로 한다면, 그가 행복해하지 않겠는가. 그래, 이곳에서 그가 행복하지 않겠는가. 그에게는 지금 이 침실보다 훨씬 더 호사스러운 황갈색의 침실을 내줄 테고, 그 사람은 무개 사륜마차를 타고 쇼핑을 하러 가겠지. 오! 그 모든 일이 가능하기를!

그녀는 드러난 가슴팍을 내려다보았다. 휘황찬란한 드레스를 입고 길게 누운 자신의 모습에 반했고 곡선을 그린 두 발의 자그마함에 찬탄했다. 그녀 역시, 그녀의 마음을 다스리는 왕에 걸맞지 않은가. 밤 시간에는 낭만적인 구석이 있다. 오후 두 시는 산문적이고 평범하다고 할 정도이다. 하지만 새벽 두 시는 미지의 세계로 파고들어가는 모험가이다. 그 미지의 세계, 그것은 새벽 세 시로, 밤의 극점이며 시간의 신비를 품은 대륙이다. 그곳을 한 바퀴 돌아본다. 이젠 그곳을 꿰뚫었다고 생각한다면 착각이다. 왜냐하면 곧 새벽 네 시가 당도하고 당신은 여전히 밤의 비밀을 캐내지 못했다. 그러다 보면 새벽의 여명이 덧창 사이로 새어들어 푸르스름한 빛줄기들이 나란히 나타난다.

이제, 페르미나 마르케스가 생토귀스탱의 면회실 계단에 모습을 드러낼 쯤엔 일어난 지 채 두 시간이 될까 말까 한 때였고, 피곤으로 푹 꺼진 아름다운 두 눈이 너무나 강렬한 햇빛에 자꾸 감겼다. 하지만 거동은 그 어느 때보다도 더 고상하고 더 당당했다. 그녀는 학생들이 구내식당을 뜨기 전에 모습을 나타냈는데, 허겁지겁 식사를 마치고도 자기 자리에 앉아 있어야만 해서 조바심으로 발을 구르며, 식후의 감사기도가 끝나자마자 바깥으로 튀어 나갈 준비가 되어 있는 산토스를 일부러 자극하고 싶어서였다.

우리 눈에 그는 얼마나 행복해 보였던가! 우리는 산토스가, 소맷부리가 덮고 있어서 보이지는 않지만, 페르미나가 준 머리 묶는 리본을 오른 손목에 감고 있다는 것을 알고 있었다. 그래서 우리는 그와 악수할 수 없었고, 존경의 마음 없이는 그의 오른팔을 스치지도 못했다. 이 리본은 산토스라는 인물을 성스럽게 만들어주었다.

둘은 테라스를 거닐었다. 페르미나는 산토스에게 자기 앞에서 담배를 피워도 된다는 허락을 내렸다. 그의 담배 연기에서 나는 향기는 얼마나 근사하고 얼마나 위안이 됐던지! 그녀는 그 향기를 들이마시며 희열을 느꼈다. 그녀는 엄숙함과 찬탄이 뒤섞인 표정으로 눈을 들어 그를 봤다. 그녀는 자신이 그보다 조금 키가 작은 게 만족스러웠다. 그가 하는 말은 전부 그녀의 마음을 움직였고 그녀에게 즐거움을 안겨줬으며, 그녀에게 다정하게 휘감겨들었다.

두 사람은 한두 번, 정원에서 함께 간식을 들게 오라고 드무아젤을 초대했다. 우리는 그들의 모습을 널찍한 산책로에서도 발견했다. 그들은 마마 돌로레, 필라르, 그리고 파키토 마르케스로 구성된 그룹의 앞에 서서 걷고 있었다. 산토스는 페르미나의 왼쪽에, 그리고 드무아젤은 오른쪽에 있었다. 깜둥이는 꼿꼿한 자세로 고개를 빳빳하게 쳐들고 있었다. 대단히 자부심을 느끼는 동시에 대단히 주눅이 든 것처럼 보였다. 윤기 흐르는 새까만 얼굴에서 눈의 흰자위가 굴러다니는 것이 멀리에서도 보였다. 그의 옷차림은 완전무결했다. 그 역시 남아메리카 사나이였다.

XIX

시상식이 있기 10여 일 전, 조아니 레니오가 학교 운동장에 있는데, 산토스 이투리아가 자신을 부르는 소리가 들렸다.

"마마 돌로레가 네게 할 말이 있단다. 따라와."

조아니는 산토스를 따라갔다. 가족 전부가 테라스에 있었다. 조아니는 그들과 악수를 나눴다. 마마 돌로레는 그의 안부를 물었고 아주 사근사근했다. 조아니로서는 이 만남의 시간을 줄일 수 있었으면 싶었다. 특히 페르미나와 단둘이 있게 될까 봐 두려웠다. 마지막으로 둘이 만났을 때 스스로의 천재성에 대해 장광설을 늘어놓았던 자신의 모습이 우스꽝스럽지 않았으리라 확신이 서지 않았다. 조아니는 그녀를 슬쩍슬쩍 바라보았다. 그는 페르미나가 겸손과 경건함에 대한 평소의 생각을 포기한 것에 대해 놀라지 않았다. 우리 모두 계절이 바뀌어도 살아남듯이 감정이 변해도 살아남게 마련이다. 그녀의 아름다운 육체에는 아주 강력한 중심축 노릇을 하는 힘이 응집되어 있어서, 그녀의 생각, 욕망, 감정들은 그 힘의 일시적 양태들일 뿐이었다. 그녀는 그 어느 때보다도 아름다웠고, 더 성숙한 것 같았다. 조아니는 그녀 앞에서 자신이 어린아이에 불과한 듯 여겨졌다. 그는 그녀의 사랑을 받도록 생기지를 않았다. 그가 그녀를 사랑해서는 안 되는 것이었다.

그는 작별을 하고 싶었다. 하지만 마마 돌로레의 감사의 말을 들어줘야만 했다. "레니오 군. 내 조카아이를 너무나 친절하게 대해줘서 그저 말로만 감사 표시를 하고 싶지는 않았어요. 그러니 이 자그마한 선물을 받아줘요. 가끔 우리 생각이 날 거예요." 그녀는 조아니에게 작은 선물 꾸러미를, 박엽지로 포장한 작은 보석상자를 내밀었다. 조아니는 얼굴을 붉혔다. 자존심 때문에 그 선물을 거부하는 쪽으로 기울었다. 그가 거절하려는 참에 페르미나 마르케스가 그의 곁으로 다가오더니 속삭였다. "받아요." 그는 그녀의 말을 따랐고, 간단하게 고맙다는 말을 하고는 멀어져갔다.

조아니는 저녁 자습이 끝날 때쯤에서야 상자를 열어보기로 결심했다. 그건 체인이 달린 금시계였다. 아주 굵고 묵직한 체인이었다. 문자반은 금이었다. 뒤딱지에는 그의 이름 이니셜인 J. L.이 새겨져 있었다. 그는 순간 기분 좋은 놀람을 맛봤다. 아버지인 레니오 씨의 시계도 이보다 더 아름답다고 하기는 힘들었다. 상자에는 라페가의 한 보석 상점 이름이 박혀 있었다. 마마 돌로레는 아마 5, 6백 프랑은 족히 지불했을 것이다. 이럴 정도로 그 식민지 태생의 백인 여자는 그에게 엄청난 우정을 품고 있었던가? 그렇다면 왜 그 여자는 그에게 "다시 만나요"라고 인사하지 않았을까? 그는 그녀가 했던 말을 떠올려보았다. "내 조카아이를 너무나 친절하게 대해줘서……." 그러니까 그건 이런 말이었다. '세상에.' 조아니에게 갑자기 어떤 생각이 떠올랐다. '맙소사. 내게 돈을 지불한 거로구나!' 그랬다. 바로 그런 거였다. 이 선물은 애정의 표시도, 한 집안이 친구로 받아들인 사람에게 하는 선물도 아니었다. 그것은 제공받은 봉사에 대한 지불이었다. 사람들은 그런 일을 마지막에, 관계가 끊어지는 순간에 해왔다.

'그들이 내게 돈을 지불했어!' 엄청난 모욕감이 그를 짓눌렀다. '그들이 내게 돈을 지불했어!' 그의 두 뺨은 대번에 붉어졌고 그 불그스름한 기운은 따귀가 남긴 선명한 손자국처럼, 화상처럼 고통스럽게 남아 있었다. '그들이 내게 돈을 지불했어!' 그랬다. 그들은 그에게 그 어떤 것도 빚지고 싶지 않았던 것이다. 그들은 그에게 넉넉한 급료를 지불하면서 그를 해고한 것이다. 오! 파렴치한 인간들! 오! 파렴치한 인간들! 그들은 살살 웃으면서 나의 자존감을 짓뭉개버렸어. 부자들은 이 모양이다. 그들은 그들이 경멸하는 사람들에게 상처를 주기 위해 그들의 돈을 사용한다. 조아니는 활활 타올라 물기 한 점 없는 두 눈으로 자신의 급우들을 둘러봤다. 그러고는 자신이 그들이 부자라서 그들을 증오한다는 사실을 깨달았다. 그때까지 그는 그 사실을 깨닫지 못하고 있었다. 그의 아버지가 견직공업으로 매년 벌어들이는 그 20만 프랑 때문에 동네 사람들이 그를 존중하고 그에게 깍듯이 인사했으며, 그의 집안사람들이 라루아르 도(道)에서, 마을에서 실력가로 행세할 수 있었다. 레니오의 아버지는 리옹에서도 유명 인사였고, 조아니는 외동아들로서 그 명성의 일정 부분을 자신의 몫으로 갖고 있었다. 하지만 이 대부호의 아들들이 소유한 부에 비하면, 아버지들이 자기 소유의 선박에 태워서 유럽으로 보내는 이 아들들이 소유한 수백만 프랑에 비하면 그게 다 무엇인가.

'그들이 내게 돈을 지불했어!' 조아니는 책상 위에 올려놓은 두 주먹에 힘이 잔뜩 들어간 채, 미칠 듯한 분노에 사로잡혀서 자습실 안을 둘러봤다. 왕의 아들들, 그들 모두는 각자의 공책 위로 몸을 수그린 채 어찌나 평온하던지! '그들이 내게 돈을 지불했어!' 그건 극도의 모욕이었다. 가난한 사람들은 당신에게 한 방 먹일 때 적어도 애를 쓰고 얼굴이라도 찡그린다. 부자들은 가만히 앉아서 당신에게 상냥하게 말을 걸며 당신을 죽음으로 몰고 간다. 그의 급우들의 부모들도 모두 그런 방식으로 행동했을 것이다. '이 사람들 보기에 난 거렁뱅이지. 그들은 날 경멸해. 감히 나를, 지적으로 그들 모두보다 훨씬 더 우월한 나를 경멸한다고.'

‘그들이 내게 돈을 지불했어……!’ 조아니는 어렸을 때의 사건 하나를 떠올렸다. 그의 부모가 하루는 자신들이 부리는 직공들 중 한 명에게 말했다. “아들을 데리고 와서 이곳에서 오후 시간을 보내게 해요. 조아니 군의 놀이 친구가 되어주겠지.” 일주일 만에 그 아이를 자기 아버지에게 돌려보냈는데, 그 아이가 벌써 지저분한 표현들을 가르쳤기 때문이었다. 그러고는 조아니 아버지의 표현을 빌자면, “어린 불량배를 대여한 값을 지불하기” 위하여 그 직공에게 선물을 했었다. 조아니는 잠깐 나갔다 오마고 허락을 구했다. 그는 시계와 체인을 손아귀에 단단하게 틀어쥐었다.

복도 끝에, 징벌방 쪽으로 버려둔 교실이 하나 있었다. 교실 문은 폐쇄되었다. 본관과 마구간 벽 사이의 작은 안뜰을 향해 난 창문에는 오리목을 얼기설기 댄 뒤 창틀을 따라 못을 쳐서 막아놓았다. 그 위로 난 채광용 창은 역청을 칠한 종이로 막아뒀다. 학생들은 재미 삼아 돌을 던져 종이를 뚫었다. 학생들은 그들이 던진 탄환이 그 미지의 장소에, 마룻바닥에(혹은 의자 위일까?) 떨어질 때 울려 퍼지는 소리를 들으면서 즐거워했다. 아이들은 여전히 이 방법으로 더 이상 사용할 수 없는 많은 물건들을, 가령, 펜대, 부러진 자, 낡은 세면용품 등을 처분했다. 아이들 가운데 가장 몽상적인 부류, 예를 들자면 카미유 무티에 같은 학생들은 그 폐쇄된 방의 모습을 그려볼 때마다 전율하지 않을 수 없었다. 더구나 아주 심각한 경우에만 갇히게 되

는 징벌방이 옆에 있다는 사실이 이 죽음의 방을 성스러운 장
소로, 가장 무시무시한 신들에게 봉헌된 장소로 완성시켰다.

레니오는 마구간 벽에 기대고 서서 침착하게 겨눈 뒤, 세찬
동작으로 시계와 체인을 던져 구멍 난 종이를 뚫었다. 소리가
두 번 울려 퍼졌다. 아마도 먼저 저 안쪽 벽과 부딪힌 뒤 마룻
바닥으로 떨어진 모양이었다. 그는 그제야 마음을 가라앉히고,
자습실로 돌아갔다.

다음 날 아침, 잠에서 깬 조아니에게 퍼뜩 어떤 생각이 들었
다. 자신의 부모로부터 아들에게 해준 선물에 대해 고마움을
표시하는 감사편지를 받지 못한다면 마마 돌로레가 놀라지 않
겠는가? 그가 부모에게 이 사건에 대해서 절대로 말하지 않으
리라는 것은 너무나 당연했으니까. 마마 돌로레가 자기 조카에
게 뭐라고 할지 벌써부터 귀에 선했다. "그 레니오라는 사람들
은 말이야, 내게 감사편지조차 보내지 않았단다. 그런 사람들
은 세상 사는 법을 몰라요." 그러면 그녀의 조카딸은 조아니 레
니오가 자신의 앞에서 했던 말을 떠올리겠지. "장사치들, 금융
인들, 그러니까 온갖 종류의 천박한 인간들."

그리고 시상식 날(마르케스 가의 사람들도 틀림없이 참석할
것이다) 조아니의 조끼에 묵직하고 아름다운 시곗줄이 걸려 있
는 것을 보지 못한다면 깜짝 놀랄 것이다. 그리고 만약 그의 부
모가 그가 학업에서 거둔 승리의 목격자가 되어주려고 리옹에

서 올라온다면, 그가 편지에서 마르케스 가의 사람들에 관해 그 어떤 말도 한 적이 없기 때문에, 그의 부모는 그들에게 인사를 하는 둥 마는 둥 할 것이다. 아! 그는 자존심 때문에 그 얼마나 서투른 처신을 해버렸는가. 그것은 거의 도적질과 같았다. 어쩌면 우리는 사람들이 우리에게 준 물건들을 즐길 권리는 소유하고 있지만 그것들을 파괴할 권리는 소유하고 있지 않은지도 모른다. 그것은 기증자에게 진정 손해를 끼치는 행위이다. 거절했더라면 더 좋았을 것을.

아니, 그렇지 않다! 그 귀중품들을 간직했더라면 더 좋았을 뻔했다. 적어도, 페르미나 마르케스에 대한 물질적 형태의 추억이 남았을 텐데. 이러고저러고 간에 그 시계를 잃어버린 것은 아니었다. 만약 학생 감독관에게 그 정도 값나가는 물건이 교실 안에 있다고 알려준다면 그는 망설이지 않고 문을 부수라고 시킬 것이다. 하지만 그에게 그 사실을 알려주자면 조아니가 진실을 털어놓아야만 할 텐데, 그에게 그럴 배짱은 결코 없으리라.

그는 마르케스 가의 사람들과 사이가 틀어졌다. 그가 다시 그 사람들을 볼 일은 없을 것이다. 잘됐다. 그는 쥘리엥 모로처럼 연줄을 만들려고 애쓰지 않았다! 그리고 페르미나로 말하자면, 그래서, 뭐? 다 끝났다! 그는 그녀 앞에서 멍청하고 우스꽝스럽게 굴었다. 그러니까 그가 그녀를 다시 보지 않는 것이, 그녀가 그가 인생의 어느 순간엔가 어리석고 우스꽝스러웠다는 것을 떠올려주지 않는 편이 훨씬 더 나았다. 물론, 그때 그는 그랬었다. 그 일을 생각하면 여전히 얼굴이 화끈거렸다. 아! 그녀를 유혹하려던 계획과 그 모든 유치한 연설들이라니!

여러 날 동안 그는 자괴감이라는 악취가 진동하는 늪에서 허우적거리며 심연의 밑바닥에 처박혀 있었다. 그러다가 오만한 생각 하나가 그를 그곳에서부터 끌어내주었다. '나, 레니오. 스스로에 대해 만족할 만한 수많은 이유를 가진 내가 스스로에 대한 혐오로 가득하다니.' 그는 스스로의 겸손에 감탄했다. 그리고 그의 운명이 누리게 될 명백한 행복과 성격의 우울함이 만들어내는 대조에도. 그는 스스로를 영광으로 뒤덮여 있으나 삶에 지친 왕에 비교했다. 일주일 후면 시상식이 열리는 날이다. 적색과 금색으로 덮인 찬란한 승리의 날이 올 것이다. 수상자 명부를 읽는 교사가 자신의 이름을 수도 없이 부를 때마다 박수 소리가 맞아줄 테고, 그는 어리둥절해지리라. 그럼에도 불구하고, 그는 연단까지 가라앉은 마음과 음울한 생각을 지고 가겠지. 하지만 이런 예측은 틀렸다. 이러한 생각 자체가 그의 마음에 들었기 때문에 오히려 그는 다시 자족감을 갖게 되었다.

암기해야 할 교과 내용도 없고, 제출해야 할 과제도 없고, 무서워할 처벌도 없는 나날들, 바로 그게 한 학년의 마지막 날들이다. 그런 나날들은 너무나 아름다워서 그런 날에 무엇을 했는지 더는 기억이 나지 않는다. 내 생각에, 그런 날들은 햇볕이 환하게 들이찬 커다란 빈 교실과 흡사했다. 그랬다. 평상시의 학과공부도 과제도 없기에, 그런 날들은 춤출 수 있게 가구들을 모두 치워버린 축제의 방들과 흡사했다. 그 시기는 한 학년을 되돌아보고 단 한 차례도 처벌받은 적이 없음에 대해 나 스스로를 축하하는 시기였다. 왜냐하면 나 역시 상당한 모범생이었기 때문이다. 그리고 우리 반 우등상을 받게 될 예정이어서, 아름다운 금괴라도 받는 것처럼 만족스러웠다. 그것, 그 우등상이라는 것은 삶의 주요 지표였다. 그 덕분에 잘해왔다는 확신을 가졌다. 그것을 갖게 되면 더 높은 곳을 바라볼 필요가 없었다. 드디어 **도착한** 것이다! 만일 내가 더는 우등상을 탈 수 없게 된다면!

　조아니는 〈전 세계 중등학교생의 삶〉 시리즈로 나온 소설들을 다시 읽기에는 이미 너무 자랐다. 하지만, 퓌스텔 드 쿨랑쥬의 《고대 도시》나 가스통 부아시에의 걸작 《키케로와 그의 친구들》을 정성 들여 읽는다면, 이 마지막 나날들을 보람차게 사용하는 거라는 걸 알고 있었다. 그러는 사이 사이 숙제장을 뒤적였다. 과제물 각각이 그에게는 승리의 추억을 담고 있었다. 그는 이런 숙제장들 가운데 하나를 뒤적이다가, 앞쪽 백지에 적어놓은 F와 M이라는 두 글자를 보았다. 그 밑에는 날짜가 적혀 있었다. 저녁 시간 자습실에서 학생들이 소란을 피웠던 날, 그가 어떤 소녀를 유혹하기로 결심한 그 유명한 날의 날짜였다. 그는 잠시 생각에 잠겼다. 그러더니, 이니셜과 날짜 위에 《갈리아의 전쟁 논평》에서 뽑아온 다음의 문장을 소름 끼칠 정도로 진지하게 적어 넣었다. "Hoc unum ad pristinam fortunam Caesari defuit(이것이 케사르가 평소에 누린 운에서 부족한 유일한 것이었다)."

XX

나는 마지막 우등상을 옆구리에 끼고 생토귀스탱을 떠난 뒤로,
우리가 다녔던 그 오래된 학교를 두 번 방문했다. 나의 첫 번째
방문은 폐교가 확정되고 나서 여러 해가 흐른 뒤인 1902년 봄
에 이루어졌다. 두 번째 방문은 이 이야기의 대부분을 쓰고 난,
아주 최근의 일이었다. 생토귀스탱은 무슨 이유인지는 모르겠
지만 막 임치(任置)된 상태였고 행정관서의 특별 허가 없이는
들어갈 수가 없었다.

"수고스럽게 허가를 받으러 가봤자입니다." 정문에 달린 쪽
문을 열어놓고 있던 수위가 내게 말했다. "그 누구에게도 허가
를 해주지 않더군요."

그러니까 나는 학교 경내를 둘러싼 벽들과, 바뇌행 트램 역
에서 보이는, 정원에서 자라고 있는 나무들의 꼭대기를 바라보

는 것으로 만족해야만 했다. 몇 분 후, 나는 테아트르프랑세 광장으로 갔는데, 일요일 아침인 만큼 사람이 거의 없었다. 이렇게 둘러보는 데 한 시간 이상은 걸리지 않았다. 내게는, 나의 유년기와 청년기가 이미 너무나 멀어진 것만 같았지만, 사실 그것들은 내가 거의 매일 지나다니는 곳인 테아트르프랑세 광장 근처에 존재한다.

자세히 이야기하고 싶은 것은 1902년에 있었던 첫 번째 방문이다.

처음에는 알아보지 못했지만, 변한 건 아무것도 없었다. 입구를 보니, 노르스름한 벽 한가운데에 못으로 박아놓은 커다란 검은 십자가도 그대로였고, 장식 없는 현관도 그대로였다. 그리고 오른쪽에는, 창구에 격자창살을 높게 쳐놓은 수위실이 있었다. 수위실 안에는 우리가 학교 다닐 때 있었던 바로 그 수위가 있었는데, 약간 늙었고, 특히 황제수염은 하얗게 셌다. 그는 은단추가 달린 푸른색 제복에 훈장들을 주렁주렁 매다는 대신, 그 모든 훈장들이 집약되어 있는 커다란 약장 하나만을 아주 평범한 윗도리 단춧구멍에 매달고 있었다. 보나 마나 생토귀스탱 시절의 호화로우면서도 간결한 제복이 몹시 그리울 터였다.

그는 날 보자마자 알아보고는, 에스파냐의 유쾌한 상소리로 인사를 대신했다.

"미안하오. 하지만 내 옛 학생들을 다시 보면 어찌나 반가운지. 모두들 조금씩은 내 학생이나 마찬가지 아니겠소. 내가 모두를 키운 셈이니까. 이곳으로 처음 보내졌을 때는 모두들 아주 어렸었지. 거기처럼 프랑스 사람들이라면 뭐 괜찮지만, 자기 아이들을 그렇게 어린데도 이곳에 보내는 남아메리카 사람들은 이해가 안 가요. 부모 자식을 갈라놓은 거리가 무려 세계의 절반은 될 텐데 말이야. 버림받은 그 가여운 어린 것들. 난 전쟁에 참가했던 사람이오. 제법 엄격한 사람이지요. 그런 내가 울었다오. 그것도 여러 번. 이곳에 적응하지 못하는 아이들을 보면서 울었어요. 그래서 죽은 아이들도 있지! 알죠? 깜둥이들. 이곳 의무실에서는 소문보다도 훨씬 더 많은 아이들이 죽어나갔다오. '그 아이들은 부모가 와서 데려갔습니다.' 그 일을 그런 식으로 설명하곤 했지. 그래요. 부모들이 그들을 데리고 가긴 했지. 관에 넣어서……. 공부도 무척 잘했고, 친절하기까지 했던 그 가여운 아이, 아이티에서 온 들라바슈라고 있었죠. 그 아이도 내 품에서 죽었다오. 이게 진실이지. 아! 그 생각만 하면……!

물론, 아이들이 워낙 많으니, 개중에는 형편없는 아이들도 있었지. 해서는 안 되는 일만 했던 망나니들도 있었고. 열대지역의 나라에서 온 아이들은 식민지의 원주민들이나 마찬가지라오. 조숙한 데다, 피가 너무 뜨거워. 뭐, 그래도 대부분의 아이들은 건전하고 선량했고, 선한 하느님을 존경하고 그 무엇도 두려워하지 않는 진정한 신사들이었다오. 그럼. 그 아름다웠던 세대에 대해서는 이 말밖에는 할 말이 없소.

자. 가서 면회실 계단에 앉읍시다. 그곳에 벤치를 하나 놨다오. 점심을 들고 나면 그곳에 앉아서 파이프 담배를 피우거든요. 시간 괜찮소?

이 학교가 팔리고 나서, 누군가 건물과 정원을 관리할 사람이 필요했고, 그래서 쥐꼬리만 한 급료를 주면서 날 경비원으로 임명했다오. 아마 이보다 더 좋은 일자리를 구할 수도 있었을 거요. 하지만 난 이제는 아는 사람이 한 명도 없어요. 그리고 내게 익숙한 것들이 다 여기 있지. 신선한 공기도 좋고. 난 성냥갑 같은 파리의 건물에 적응하지 못할 거외다. 이 정원이 몽땅 다 나만의 산책로인 셈이니…….

'이제, 생토귀스탱을 한 바퀴 돌아봐야겠군.' 아마 이런 생각을 하고 여길 왔을 거요. 그런 생각을 했다니 고맙구려. 언젠간 올 줄 알았소. 여전히 제법 많은 졸업생들이 찾아오거든. 파리에 살고 있는 사람들이라면 이곳에 와보는 게 어렵지 않지. 그들을 통해 다른 졸업생들의 소식을 전해 듣는다오. 많은 졸업생들이 목숨을 잃었소. 아시오? 많은 졸업생들이 목숨을 잃었어. 그러니까 개중엔 지나치게 돈이 많은 학생들도 있었는데, 바로 그 때문에 인생을 망쳤지. 학교를 벗어나자마자 흥청망청 놀아나기 시작했다오. 그 야비한 여자들이 못할 일이 뭐가 있겠소. 그 여자들이 어디 출신인지만 봐도 뻔하지. 뭔 짓을 해도 숨길 수가 없는거야. 청어 절인 통에서는 늘 청어 비린내가 나는 법이라오. 어떤 이들은 노름을, 혹은 주식을 하다가 몽땅 날

리고 자살을 했다오. 또 다른 사람들은 그저 흥청망청 놀아나
다가 죽었고. 뭐, 어쩌겠소? 그들에겐 안 된 일이지만 할 수 없
지. 제가 만든 잠자리에 제가 눕는 법 아니오? 마음 아픈 건,
그 가여운 젊은이, 공부도 무지 잘한 레니오 있잖소. 조아니 레
니오. 그 젊은이가 죽었다는 거지. 소식 못 들었소? 바로 이 자
리에서, 그 불쌍한 조아니의 아버지가 울면서 소식을 전해줬다
오. 그러니까, 병영에 전염병이 돌아서, 신병 편입이 있고 나서
넉 달 후에 그만 목숨을 잃었지 뭐요. 동부 쪽 병영은 신병들에
게는 아주 고달프지. 특히 참호는 말할 것도 없고. 어쨌든, 그
는 죽었다오. 그렇게나 출발이 좋았던 젊은인데. 스물한 살이
되기 전에 학사 학위를 두 개 땄고, 파리 법과대학 상도 받았다
나, 뭐, 그러던데.

　남아메리카에서도 가끔 찾아오는 졸업생들이 있어요. 그들
은 우리나라에서, 그리고 유럽에서, 한 1년 보내려고 옵디다.
마르티 형제 중에 동생이 지금 파리에 와 있다오. 2주인가 3주
전에 날 보러 왔거든. 발파라이소 출신의 몬테마요르도 봤다
오. 근 한 1년 돼가나. 동생을 한 명 데리고 왔던데, 내가 알지
못하는 사람이더군. 여기서 교육을 받지 않았거든……. 거, 참,
신기해요, 이 남아메리카 사람들 말이오. 두 형제 중에서(내가
종종 관찰을 해봤는데 말이지), 두 형제 중에서, 큰 애가 늘 보
다—뭐라고 말하면 좋을까?—보다 더 유럽적입디다. 분홍빛
도는 하얀 피부에 밤색 머리카락, 그리고 가끔씩은 눈도 파래

요. 한마디로, 한눈에 프랑스 사람이 틀림없다고 할 게요. 반대로 작은 애는 피부색이 짙고 머리카락은 흑인 같아! 그러니까, 진정한 아메리카 인디언인 게지. 봐요. 그 두 명의 이투리아도 딱 그렇지 않소. 그 형제, 기억하오?

아, 참, 이투리아, 둘 중 형 말이오. 그도 왔었다오. 산토스요. 학생들이 모두 그렇게 불렀더랬지. 그도 왔었는데, 가만있자, 2년 전이군. 아무렴, 박람회가 열렸던 1900년이니까. 무려 이틀에 걸쳐서 오후 시간을 이곳에서 나와 보냈다오. 첫날에는 아내를 데리고 왔더군. 이투리아 씨(산토스)는 아주 아름다운 여자랑 결혼했던데, 금발에, 독일 여자일 거야. 생토귀스탱을 떠난 뒤 이투리아 형제는 독일로 공부하러 갔었거든……. 뭐, 그 여자만 아름다운 건 아니지! 그 두 사람, 정말 아름다운 한 쌍입디다……. 이투리아 씨 말이, 아버지가 자기 나라, 그러니까 멕시코에서 국방상이 되었다더군. 놀랄 것도 없다오. 그렇게나 잘난 사람들이었으니까. 그 이투리아가(家) 사람들 말이오. 게다가 똑똑하기까지 하니! 오늘날 우리나라에 필요한 사람들이 바로 그런 사람들 아니겠소. 그런 사람들이 없는 건 아니지만, 이제는 더는 재능을 중요시하지 않는 세상이다 보니. 지금은 돈이 전부라오. 정직하라, 하지만 돈푼이나 만지게 된 순간부터는 정직하지 마라……. 이곳 생토귀스탱 중등학교에서 가르친 것, 그건 정확히 돈을 중요하게 생각하지 않는 것이오. 우리에게 돈이란 누군가를 훌륭한 사람으로 만들어내기 위한 수단이지. 그래서 학생들을 엄하게 교육시켰고. 심지어 가혹하기도 했지. 물론 여러분이 이 정원을 마음대로 오고 가게 내버려둘 수도 있었다오. 사실, 예전에 선생도 무서운 게 없는 패거리와 함께 거리낌 없이 몰래 정원에 가서 담배를 피우긴 했었지……! 알다시피, 결국, 규율, 그것만이 남자를, 우리 때 남자들처럼 진정한 남자를 키워낸다오. 오늘날의 부르주아들은 몽땅 복권에서 대박을 터뜨리고 호의호식이나 하려는 직공처럼 보여……."

나는 그 호인의 말을 건성으로 듣고 있었다. 나는 우리 앞에 펼쳐진 학교 운동장을 바라봤다. 그건 긴 이삭을 바람에 살랑이고 있는 키 큰 갈풀들로 뒤덮인 벌판에 지나지 않았다. 가녀린 대궁들이 자갈들 사이로, 매끈하고 매혹적인 색깔의 돌결 무늬로 장식된 센 강 유역의 그 예쁜 자갈들 사이로 솟아 있었다. 그 너머로, 정원이 내 시선을 잡아끌었다. 자연이 정원의 윤곽을 틀림없이 흐려놨을 것이다. 그런데 그 정도가 얼마나 심하려나? 당장 보러 갈 수 있으면 좋으련만.

"자, 내 수다로 꽤나 지겹게 해드렸군. 혼자서 돌아다니게 해드리리다. 그게 더 낫거든. 내가 방해가 될 테니. 전부 다 개방되어 있으니까 원하는 만큼 있어도 된다오. 이곳을 떠날 때 난 수위실에 있을 거요."

그 늙은 군인의 감상적인 어조가 상당히 좋았다. 그는 학교를 방문한다는 것이 **그의** 졸업생들에게 무엇을 의미하는지를 이해하고 있었다. 어쩌다 보니 그의 말이 애수를 띠게 된 것이 아니었다. 나는 특히 그가 "내가 방해가 될 테니"라고 마지막에 드러낸 감정의 섬세함이 마음에 들었다.

정말이지 나는 이 방문을 어디에서부터 시작해야 할지 갈피를 잡지 못할 지경이었다. 나는 뒤죽박죽, 아무런 체계도 없이, 지나갔다가 되돌아가기를 반복하면서 전부 다 둘러보았다. 테라스 중앙 계단의 돌들은 서로 어긋나 있었다. 커다란 나무들은 가지치기를 하지 않은 지 여러 해 되어서, 가지들이 사방팔방으로 뻗쳐 있었다. 산책로는 포아풀에 습격을 당했다. 면회실 앞에는, 무성한 쇠비름들이 포석들 사이로 납작 기어가고 있는데, 오렌지나무를 심은 화분에 쇠비름을 심은 적이 있었으니, 틀림없이 그 화분으로부터 빠져나왔을 것이다.

나는 자습실에서 내가 옛날에 앉던 자리에 앉아보았다. 시간이란 얼마나 환상적인 것인가! 변한 건 아무것도 없었다. 책상에 먼지가 조금 더 쌓였을 뿐이다. 그게 전부다. 그런데 여기, 성인 남자가 된 내가 있다. 만약, 이 침묵의 소리에 열심히 귀를 기울인 끝에, 흘러간 세월을 넘어 저 멀리서부터 들려오는 웅성거림이, 목소리가, 발소리가 들려오기 시작한다면……. 그리고 만약, 나와 함께 학교를 다녔던 학생들 전부가 갑자기 이 교실로 들어온다면, 그리고 만약, 그 소리에 소스라친 내 앞에 나의 책과 공책들이 놓여 있다면……. "많은 졸업생들이 목숨을 잃었소. 아시오? 많은 졸업생들이 목숨을 잃었어."

나는 햇빛을 받으며 정원으로 돌아간다. 마을 개구쟁이들이 돌을 던져 성당의 스테인드글라스 몇 개를 부숴놓았다. 학생 감독관이 살던 별채는 아주 황폐했다. 테라스에 세워둔 성 아우구스티누스의 조상은 황금색 칠이 거의 다 벗겨졌다. 나는 오랜 시간이 걸려서, 페르미나 마르케스가 방문하던 시기에 만든 테니스장 부지를 찾아냈다. 그 당시에는 분명 존재하지 않았던 잡목림을 가로질러야만 했다. 나도 모르게 커다란 목소리로 이렇게 말했다. "페르미나 마르케스는?" 그래, 그 소녀는 어떻게 됐을까? 지금쯤은 결혼했을 거라고 생각한다! 그리고 그녀가 행복하다고 믿고 싶다.

나는 다시 테라스로 돌아간다. 저기, 이 모든 것으로부터 멀리 떨어진 그곳에, 조금 있으면 내가 돌아가야 할 파리가 있다. 내 머리 위에서 새들이 그 순진무구한 목소리로 지저귀고 있다. 정권이 아무리 바뀌어도 무심하기만 한 새들은 매년 여름 프랑스 왕국의 영광을 노래하고, 어쩌면 수위가 그러듯이, 생토귀스탱 중등학교에서 받은 교육을 계속해서 자랑하고 있는지도 모른다.

면회실—여러 동 가운데 루이 15세 동—위로, 둥근 창과 그 화려한 쇠시리들이 비바람에 더러워진 것이 보인다. 유리창이 깨지고 창틀은 떨어져 나간 채, 그렇게 오늘날의 햇빛과, 하늘의 푸르름을 향해 활짝 열려 있다. 분주함으로 가득한 파리의 하늘을 향해. 안개와 연기, 전깃불의 빛 무리, 일요일에는 풍선들이 떠 있는 그 파리의 하늘. 둥근 창은 이제는 그 모든 것들 가운데 그 어느 것도 비추지 못한다! 그것은 이제는 관리하지 않는 다락방 꼭대기에 뻥 뚫린 채로 남아 있다.

이 대차대조표에 아직도 뭐가 빠진 게 남아 있나? 아! 맞다. 앞뜰 벽에 붙여 놓은,

조국과 교회를 위해 목숨을 바친 학생들

의 이름을 새겨놓았던 대리석 표지판에는 금이 갔다.

페르미나 마르케스,
사랑과 시간의 2중주

정혜용(번역가)

《페르미나 마르케스》의 작가 발레리 라르보가 현재 프랑스 문학계에서 차지하고 있는 위상은 매우 복합적이다. 소설과 시 창작에 재능을 보인 문인인가 싶으면, 국내외 문학 작품에 관한 다양한 평론 활동을 활발하게 전개한 비평가이자, 폴 발레리, 레옹폴 파르그와 함께 《코메르스》지(誌)의 편집 방향을 좌우하며 문단의 흐름에 직간접적인 영향을 행사한 잡지 경영인이기도 했다. 그리고 무엇보다도 뛰어난 번역가이자 깊이 있는 번역 사상가였다. 이처럼 다양한 양상을 보이며 펼쳐졌던 발레리 라르보의 지적 활동 가운데에서도 오늘날 계속해서 재조명의 대상이 되고 있는 것은 바로 우리가 마지막에 언급했던 활동, 그러니까 그가 번역의 이론과 실제 양 측면에서 이뤄낸 성과들이다.

라르보는, 창작에 비해 번역이라는 글쓰기의 열등성에 대한
이데올로기가 이미 확고하게 뿌리내린 시대에, 작가로서의 뛰
어난 재능을 서슴없이 평생 번역에 바친 거의 유일한 인물이
다. 번역이 창작에 비해 월등하게 복합적인 언어 활동임에도
불구하고, 원전 중심주의 이데올로기의 강력한 덫에 갇혀 주변
적인 문학 활동으로 인식되는 상황에서, 이례적으로 여겨졌던
번역을 향한 그의 솟구치는 열정의 추동력은 무엇이었을까?
아마도 발레리 라르보의 성장 배경 속에서 그 실마리를 찾을
수 있을 것 같다.

니콜라 발레리 라르보가 태어난 비시는 훗날 대독 협력 괴
뢰 정부의 수도로서 역사에 그 이름을 새기는 불명예를 안게
되지만, 19세기에는 유명한 온천 휴양 도시였다. 약사였던 발
레리 라르보의 아버지 니콜라 라르보는 비시의 노다지라고 할
수 있는 온천을 개발하여 재산을 일구겠다는 생각으로 비시에
정착하고, 뜻한 대로 온천 개발에 성공하여 생 티요르 온천의
소유주가 된다. 온천 개발 과정에서 경쟁자들과의 송사에 휘말
렸던 라르보의 아버지는 미래의 장인이 될 근방의 유능한 변호
사 발레리 뷔로 데 제티보의 도움을 받아 자신의 재산을 지켜
낸다. 경제적으로 안정이 되자 가정을 이루려는 욕심에 57세라
는 늦은 나이에 근 스무 살 차이가 나는 발레리 뷔로 데 제티보
의 딸 이자벨에게 청혼을 하고, 이자벨은 니콜라 라르보의 재력

이 보장해줄 안정적인 미래를 꿈꾸며 청혼을 받아들인다. 2년 후, 이 둘의 전략적인 결합으로부터 유일한 후계자가 태어나게 되는데, 그 사내아이가 바로 니콜라 발레리 라르보이다. 발레리 라르보의 부친은, 마치 재산을 일구고, 재산을 지켜내고, 재산을 물려줄 상속자를 세상에 남기는 일이 평생의 목표였던 사람이기라도 한 양, 아들이 겨우 여덟 살 문턱을 넘어설까말까 할 무렵에 세상을 뜬다. 이제 발레리 라르보의 유년기를 이해하자면 눈여겨 봐둬야 할 두 가지 핵심적인 사항이 드러났다. 아버지의 부재와 어머니의 독점욕. 아버지의 이름자와 외할아버지의 이름자를 하나씩 따서 지어줬던 니콜라 발레리 라르보라는 이름은 그 순서가 바뀌어 발레리 니콜라 라르보가 되었다가, 아버지의 이름인 니콜라는 점점 희미해지고 외할아버지의 이름만이 남는 과정을 거치는데, 이 과정 자체가 여러모로 상징적이다.

이제 발레리 라르보의 양육은 전적으로 어머니의 손에 달리게 된다. 근 스무 살 연상의 남편이 죽자 "11년 동안의 노역이 있어! [⋯⋯] 드디어 수중에 돈이 들어왔지. 과부라는 것도 꽤 괜찮은 직업이야"라고 자신의 심경을 냉정하게 밝히는 편지를 친구들에게 보냈으며, 남편이 남긴 사업체를 강단 있게 이끌었고, 지역 사회에서 존경받는 미망인의 역할을 수행했던 라르보의 어머니는 장차 문인이 될 어린 라르보에게 어떤 영향을 미쳤을까?

늦둥이로 태어나서 평생 끊임없는 병치레에 시달렸던 라르보는 또래 아이들과 뛰어놀기보다는 침대에 누워서 어머니와 이모의 보살핌을 받는 시간이 더 많았다. 라르보의 어머니 이자벨 뷔로 데 제티보는 젖 뗄 무렵의 아이에게 자장가 대신 라마르틴, 비니, 뮈세 등 19세기 낭만파 시인들의 작품을 읽어줬고, 심지어 이탈리아어로 《텔레마크의 모험》을 읽어주기도 했다. 라르보의 어머니는 본의 아니게 아들을 글의 세계로, 문학의 세계로 이끈 최초의 인물 노릇을 한 셈인데, 훗날 "문학 나부랭이"에 정신이 팔려서 아버지가 물려준 사업체 경영에는 전혀 관심이 없는 아들과 갈등을 빚을 줄은 꿈에도 몰랐다.

라르보의 어머니는 법조인인 아버지, 그러니까 발레리 라르보의 외할아버지가 공화주의를 지지한다는 정치적 이유로 프랑스령에서 추방당해 제네바로 망명을 해야 했던 바람에, 그곳에서 교육을 받을 기회를 누렸었다. 라르보가 어려서부터 잦은 여행과 영국, 이탈리아, 스페인 등 외국에서의 장기 체류를 통해서 각국의 문화와 언어를 접할 수 있었던 것도, 부재하는 아버지가 남긴 막대한 유산이 뒷받침해줘서이기도 했지만, 청소년기에 제네바라는 국제적인 도시의 세례를 받았던 어머니의 영향 덕분이기도 했다. 이러한 환경에서 성장한 라르보는 자연스럽게 영어, 이탈리아어, 스페인어, 독일어, 라틴어, 그리스어 등 다양한 언어 구사 능력을 갖추게 되었고, 더 나아가 타문화의 낯섦을 포용할 줄 아는 열린 정신의 소유자가 된다. 요컨대

번역가에게 필수적인 두 가지 자질을 모두 갖춘 이상적인 번역
가가 탄생한 것이다.

　사실, 발레리 라르보를 한마디로 규정하라고 하면, 대뜸 딜
레탕트, 문예애호가라는 말부터 떠올리는 사람들이 태반이다.
딜레탕트, 문예애호가라는 말에서 어설픈 아마추어리즘이라는
부정적인 뉘앙스만 제거한다면, 그와 문학의 관계에 있어서 절
박함이 차지하는 비중보다는 쾌락이 차지하는 비중이 훨씬 컸
던 만큼, 그에 대한 이러한 평가가 온당하지 못한 것만은 아니
다. 문예애호가는 문예애호가이나 그 누구보다도 전문적인 감
식안을 지닌 문예애호가로 이해한다면, 발레리 라르보를 거의
정확하게 파악하는 셈이다.
　발레리 라르보는 평생 책 읽기와 글쓰기로 자신의 삶을 채
워나간 인물이었다. 라르보는 프랑스 문학뿐 아니라 영국 문
학, 스페인 문학, 이탈리아 문학에 심취했고, 이 독서의 구체적
결과가 두 권의 저서로 남게 된다. 그는 영어권 작품과 프랑스
어권 작품을 소개하는 저서를 1925년과 1941년에 각각 발표하
였는데, 두 저서의 공통된 제목인 "이 처벌받지 않는 죄악, 독
서(Ce vice impuni, la lecture)"는 문학에 대한 그의 무궁한 애
정과 독서 마니아로서의 면모를 잘 보여준다. 그는 이처럼 종
횡무진으로 치닫는 방대한 책 읽기를 통해 발굴한 작가를, 번
역이라는 글쓰기를 통해 자국의 독자들에게 적극적으로 소개

하였다. 라르보의 번역을 거쳐서 프랑스 독자들에게 소개되는
행운을 누렸던 작가들로는 월트 휘트먼, 새뮤얼 버틀러, 새뮤
얼 콜리지, 월터 랜더, 고메스 데 라 세르나, 지아나 만지니 등
을 꼽을 수 있다.

　작가 발굴자로서의 라르보의 면모를 얘기할 때 빼놓을 수
없는 이야기가 바로 제임스 조이스의 《율리시즈》를 프랑스 독
자들에게 소개한 사건이다. 1921년, 조이스가 《더 리틀 리뷰》
에 연재하고 있던 《율리시즈》는 본국에서 외설스럽다는 이유
로 몰수당하고 불태워지는 수모를 겪다가 결국에는 출판 금지
조치를 당하게 된다. 본국에서 자신의 소설이 출판될 가망성
이 사라진 조이스에게, 이전부터 조이스 소설의 애독자였던 파
리의 유명 서점 셰익스피어 앤드 컴퍼니의 주인 실비아 비치가
손을 내민다. 조이스를 돕기 위해 고군분투하던 그녀는 서점의
단골이었던 발레리 라르보에게 그의 소설을 보여줬고, 조이스
의 소설을 읽은 라르보는 실비아에게 보낸 편지에서 "한창 《율
리시즈》를 읽고 있는 중입니다. 사실, 다른 건 전혀 읽을 수가
없고, 다른 생각도 할 수 없답니다. 내가 필요로 하던 바로 그
거예요. 《젊은 예술가의 초상》보다도 더 좋군요"라며 즉각적인
반응을 보여준다. 그로부터 일주일 뒤 그가 보낸 편지에는 "난
《율리시즈》에 완전히 미쳤어요"라는 표현이 등장한다. 이제 라
르보는 프랑스에서 《율리시즈》가 출판될 수 있게 하기 위해 적
극적으로 개입하며, 〈책과 벗 삼은 이들의 집〉*에서 강연을 하

는 둥, 프랑스 독자들에게 《율리시즈》의 문학적 가치를 알리기 위해서 동분서주한다. 마침내 《율리시즈》는 오귀스트 모렐 번역에 발레리 라르보의 번역 감수 형태로 빛을 보게 되는데, 조이스는 운문 경향을 보이는 모렐의 번역을 다시 원전으로 끌어당겨주는 라르보의 수고로운 감수 작업에 고마움을 표한다.

그리고 1944년, 발레리 라르보는 번역에 대한 그의 무한한 애정과 번역 경험에서 길어 올린 번역에 관한 진지한 성찰, 그만의 문학관과 폭넓은 독서 경험이 뒤섞인 독특한 성격의 에세이집 《성 히에로니무스의 가호 아래》를 남긴다. 번역자들의 수호성인인 성 히에로니무스에게 바쳐진 이 에세이집은 여러 가지 의미로 번역학의 시원에 존재하는 번역학의 고전이라고 할 수 있는데, 훗날 번역에 관한 이론적 성찰이 번역학이라는 이름으로 제도권 내에 자리 잡고 난 후 여러 갈래로 뻗어나가면서 다루게 될 그 모든 주제들을 거의 다 담고 있다. 다만, 동일한 주제를 놓고서도, 현대의 다양한 번역학 이론들은 비전공자가 쉬이 접근할 수 없도록 배타적인 방식으로 전문적인 언어를 구사한다면, 라르보는 유려한 문체와 고아한 언어를 통하여, 그리고 박학다식하나 현학적이지 않은 인간적인 면모를 내비치며, 독자에게 지적 즐거움을 안겨준다는 점이 다르다고 할 것이다.

*1915년에 아드리엔 모니에(Adrienne Monnier)가 세운 도서관 겸 서점으로, 수많은 낭송 모임을 통해 현대문학을 알리는 데 많은 기여를 했다.

보통 작품 해제를 쓸 경우, 곧바로 작품에 대한 이야기로 들어가는 방식을 선호하지만, 발레리 라르보가 한국 독자들에게 거의 알려져 있지 않은 작가인 만큼 이번만은 예외적으로 작가에 대한 전반적인 소개에 초점을 맞췄고, 발레리 라르보의 다양한 모습 가운데에서도 번역을 중심으로 그의 인생을 들여다봤다. 읽기와 쓰기로 점철된 그의 삶의 본질과 맞닿아 있는 것이 바로 양자의 행복한 결합이라고 할 수 있는 번역이기 때문이었다. 이제 타자의 글을 읽고 타자의 글을 풀어내는 번역가가 아니라 자신의 글을 풀어내는 소설가 라르보의 모습을 《페르미나 마르케스》를 통해 들여다보자.

1950년에 〈20세기 전반기의 가장 위대한 소설 12선(選)〉에 당당하게 그 이름을 올렸던 《페르미나 마르케스》는 라르보가 처음에 원고를 보냈던 《라 그랑드 르뷔》에서 한 차례 퇴짜를 맞는다. 잡지 독자들의 반교권주의적 성향을 염려한 편집장 자크 루셰가 작품 말미에 등장하는 "조국과 교회를 위해 목숨을 바친 학생들"이라는 구절을 트집 잡았기 때문이다. 자신의 글이 세상의 빛을 보도록 문단의 인맥을 동원하기에는 지나치게 고고했던 라르보는 자신의 글을 잠시 묵혀두게 되는데, 마침 지드가 라르보의 퇴짜 맞은 원고 이야기를 듣고 읽어보기를 청해온다. 작품이 마음에 들었던 지드는 자신이 주도하고 있던 《누벨 르뷔 프랑세즈》에 네 차례에 걸쳐 싣겠다는 결정을 내린다.

이리하여, 19세기가 저물어갈 무렵의 파리 근교에 위치한 국제적인 성격의 중등학교를 배경으로, 소년들의 풋내 나는 첫사랑의 열정을 소담스럽게 담아낸 《페르미나 마르케스》가 드디어 독자들과 만날 기회를 갖게 된 것이다.

　작품은 생토퀴스탱 중등학교 교정에, 두 눈 속에서 "열대의 태양이 휘황찬란하게 빛나고" 있는 남미 출신의 아름다운 소녀 페르미나 마르케스가 환영처럼 등장하는 것으로 시작된다. 아직 새로운 학교생활에 적응하지 못하고 있는 남동생을 격려하러 매일 오후 등장하는 이 아름다운 소녀는 자신도 모르는 새, "규율 위반과 무례에 관해서라면 명예를 걸고 그 무엇이든 감행"하여 매타작도 불사하는 사내아이들에게서, 페르미나라는 자신의 이름만으로도 설렘과 야릇한 흥분의 소용돌이를 불러일으키게 된다. 이제 사내아이들 사이에서는 페르미나의 사랑을 쟁취하기 위한 경쟁이 시작된다.

　작가는 이 경쟁에 뛰어든 두 명의 유망주 산토스와 조아니, 그리고 참가 자체에 의미를 둔 나이 어린 카미유, 이 세 명의 인물을 중심으로 이야기를 엮어나간다. 세 명 가운데 산토스는 잘생긴 외모와 넘치는 재력의 소유자일 뿐만 아니라 공부도 뛰어나게 잘하는, 어디 한군데 모자람이 없는 상급반 학생이다. 이 겉보기 모범생은 잦은 야행을 통해 이미 파리의 환락가 생활에는 호가 난 인물이기도 하다. 이렇듯 대담하기까지 한, 매력적인 산토스가 청소년기에서 벗어나 어엿한 사내 대열에 한 발 쯤 들여놓은 구애자라면, 가장 나이 어린 카미유는 학교생활 부적응자로, 밤마다 집에 돌아가고 싶어 베갯잇을 눈물로 적시며 차라리 죽고 싶어 하던 때에 페르미나가 등장하자 절망 속에서 한 줄기 희망을 보게 된 사내아이이다.

이 세 명의 구애자 가운데 가장 많은 비중을 차지하기도 하고 가장 흥미롭기도 한 인물이 조아니이다. 스탕달이 《적과 흑》에서 창조해낸 줄리엥 소렐이 연예소설의 남주인공 사상 전무후무한 독창적인 캐릭터라면 라르보가 창조한 조아니는 그 쥘리엥 소렐의 분신이라고 할 만하다. 쥘리엥 소렐은 보잘것없는 신분에도 불구하고 자신의 타고난 지적 능력을 활용해 신분 상승을 꿈꾸며, 여인과의 사랑에 있어서마저도 전략과 자존심을 앞세워 전투 치르듯 행동한다. 조아니 역시 그리스어, 라틴어 작문에서 발군의 실력을 보이며, 엄청난 노력을 통해 늘 영예의 1등 자리를 놓치는 법이 없고, 오만하달 정도의 자존심과 강렬한 명예욕을 지닌 인물이다. 또한 페르미나를 정복해야 할 대상으로 보고 유혹 작전에 돌입하는가 하면, 작전 성공을 위해 의도적으로 페르미나의 남동생에게 접근하는 냉철한 전략가의 면모를 보여주기도 한다.

그런데 이 조아니라는 소년의 매력은, 애도 아니고 어른도 아닌 사춘기 소년 특유의 불균형한 모습, 타인의 시선을 지나치게 의식하여 자신의 세계와 외부 세계 사이에서 균형을 잡지 못하고 우스꽝스럽게 뒤뚱거리는 모습에서부터 생겨난다. 조아니는 페르미나 앞에서 자신감에 가득 차서 있는 지식 없는 지식 다 동원하여 로마제국의 위대함을 찬미하는 장광설을 늘어놓은 뒤, 곧바로 자신이 우습게 보이지 않았을까 불안해한다. 자신의 뛰어난 성적을 화제로 삼은 뒤에도 성적에 연연해하는 지질한 사내로 보였을까봐 걱정한다. 이처럼 지나친 자신감과 자신감의 결여 사이에서 갈팡질팡하는 모습은, 산토스가 성신강림축일 방학 동안 마침내 페르미나의 마음을 얻고 말았음을 안 뒤, 자존심을 살리기 위해 페르미나에게 먼저 작별인사를 건네는 상황에서도 고스란히 드러난다. 조아니는 라틴어를 섞어가며, 자신은 엄청난 재능을 타고 난 인물인 만큼 고달프고 외로운 천재의 길을 가련다는 궤변을 고별인사 대신 건네고는, 역시 자신의 모습이 어떻게 비쳤을지에 마음을 쓴다.

멋진 어른 남자가 되고 싶지만 그러기에는 어설프고 불안정한 조아니의 초상화는 작가의 따스한 조롱이 섞여들면서 마침내 사랑스러운 캐릭터로 완성된다. 현재 어른의 세계를 살아가는 우리 모두 언젠가 그 우스꽝스러움의 시기를 지나왔기에, 그 우스꽝스러운 조아니의 초상화에서 우리가 발견하는 것은 과거의 우리의 모습이기에, 어른이 되어 과거를 돌아보는 작가의 시선 역시 넉넉한 인간미로 따스할 수밖에 없다.

얼핏 무척이나 단순해 보이는 구성의 이 소설을 소위 홍역처럼 누구나 앓게 마련이라는 첫사랑에 관한 예쁘장한 이야기로 보아도 될까? 선뜻 그렇다고 답변하기가 꺼려진다. 이 소설의 결말에 이르면, 불현듯 어쩌면 이것은 사랑에 관한 이야기가 아니라 시간의 작용에 관한 이야기일지도 모른다는 생각이 들기 시작한다. 작가는 학교를 졸업하고 나서 이제는 폐교 조치 당한 학교에 아주 오랜만에 다시 들른 화자의 이야기로 소설을 마무리한다. 학교 구석구석을 돌아보는 화자의 눈에 비친 학교의 모습은 어떠한가? 길게 자란 갈풀이 정원을 뒤덮고 있고, 창유리는 깨지고, 가지치기를 하지 못한 나무는 꿈틀꿈틀 이리저리 뻗어나갔고, 교회와 조국에 몸 바친 학생들의 이름이 적혀 있는 대리석 표지판에는 '금'이 갔다. 인간사 역시 시간의 작용에서 벗어나지 못했다. 페르미나를 반려자로 맞았어야 할 것 같은 산토스의 곁에는 페르미나 대신 금발의 아름다운 독일 여인이 서 있고, 한창 명예와 영광의 길을 걷고 있어야 할 것 같은 조아니 레니오는 병영에서 허무하게도 목숨을 잃어 이제 이 세상 사람이 아니다. 그 누구도 소식을 알지 못하는 페르미나 마르케스는 등장할 때와 마찬가지로 홀연히 사라져버렸다. 청춘과 사랑의 광휘는 찰나였고, 엄정한 시간의 작용 앞에서 사랑은 영원에 닿고자 하나 순간의 존재방식이었음이 드러났다. 사랑의 힘과 시간의 힘 사이의 대립에서 길어 올린 깊이와 울림으로 이 소설의 가장 큰 매력인 소박한 우아함이 더욱 빛을 발하게 된다.

《페르미나 마르케스》는 유년기와 청소년기를 다룬 문학이 봇물을 이루게 한 기폭제 역할을 했다는 것만으로도 그 문학사적 의의가 충분하다. 《페르미나 마르케스》에 반한 알랭 푸르니에는 《몬 대장》을 남겼고, 유명 작가만 꼽아보아도, 콜레트(《청맥》), 장 콕토(《앙팡 테리블》), 마르셀 프루스트(《꽃핀 소녀들의 그늘에서》), 제임스 조이스(《젊은 예술가의 초상》) 등이 그 뒤를 이었다. 《페르미나 마르케스》는 1911년 공쿠르 상 후보작 명단에 이름을 올렸으나 알퐁스 드 샤토브리앙의 《무슈 데 루르딘》에 밀려났다. 그로부터 백여 년이 흐른 지금, 알퐁스 드 샤토브리앙의 작품을 기억하는 사람은 거의 없지만 라르보의 《페르미나 마르케스》는 여전히 현대의 독자들 가운데 살아 숨 쉰다.

수많은 에세이를 통해 문학과 번역을 이야기했던 라르보는 여러 글에서 당대의 영예보다 훨씬 값진 사후의 영예에 대한 예찬을 아끼지 않았고, 그에 대한 갈망을 넌지시 내비치곤 했다. 그리고 그 소원은 이렇게 실현되었다.

8월 29일 비시에서 니콜라 라르보와 이자벨 뷔로 데 제티보의 외동아들로 태어남. 약사이자 생 티요르 온천의 소유주이기도 한 아버지 니콜라의 나이는 당시 59세로 8년 후 라르보가 채 십대가 되기 전에 사망함.	1881
제네바로 첫 번째 해외여행을 떠남.	1889
카르노 학교에서 잠시 수학. 피에르 로티와 쥘 베른의 여행 이야기에 열광함.	1890
생트 바르브 데 샹 중등학교에서 수학. 이 학교는 후일 《페르미나 마르케스》의 배경인 생토귀스탱 중등학교의 모델됨.	1891 ~ 1894
앙리 카트르 고등학교 입학.	1895
악몽 같았던 앙리 카트르 고등학교를 떠나서 기숙생으로 물랭 고등학교에 입학.	1896

라르보의 어머니가 자비로 《주랑들(Les Portiques)》을 100여 부 인쇄.

스페인 전역을 여행한 후 4월, 이탈리아 리보르노와 피렌체를 방문. 6월, 1차 바칼로레아 통과. 어머니로부터 바칼로레아 통과 기념으로 유럽 일주 여행을 선물 받음. **1898**

어머니와 이탈리아 여행. 기숙생으로 루이르 그랑 고등학교에 들어가나 학년이 끝나기 한 달 전에 퇴학당함. **1899**

2차 바칼로레아에 불합격한 뒤 다시 이탈리아 여행. **1900**

라르보가 번역한 콜리지의 《늙은 선원의 노래》가 바니에 출판사에서 출간됨. 7월, 바칼로레아에 합격한 후 소르본 문과대학 입학. **1901**

《A. O. 바르나부트(A. O. Barnabooth)》 집필 시작. **1902**

이자벨이라는 여성과 함께 이탈리아 여행. 그녀에게 영감을 얻어 후일 《아름다움, 내 큰 근심(Mon plus secret conseil)》을 집필함. **1903**

이자벨과 결별 후 마음의 상처를 달래기 위해 어머니와 함께 그리스로 여행을 떠남. 《문학의 천사들》이 《외브르 다르 앵테르나시오날》지(誌) 3~4월 호에 실림. **1904**

소르본 대학에서 뛰어난 성적으로 학사 학위 획득. **1907**

7월 4일 《어느 부유한 애호가가 쓴 시편들(Poèmes par un riche amateur)》이 출간되어 공쿠르 상 심사과정에서 옥타브 미르보의 표 획득. 청교도적 관점에서 문학 작품을 검열하는 영국에 대한 비판을 담은 〈영국 외설 서적 사건〉이 《라 팔랑쥬》지 29호에 실림.	1908	《어느 부유한 애호가가 쓴 시편들》
《라 팔랑쥬》지 발간에 적극 협력하며 레옹폴 파르그와 친교 시작. 프랜시스 톰슨의 시 몇 편을 번역해서 《라 팔랑쥬》지 36호에 실음.	1909	
《페르미나 마르케스》가 〈콘치카〉라는 이름으로 《누벨 르뷔 프랑세즈》에 연재됨. 가톨릭으로 귀의.	1910	
파리, 런던, 비시를 오가며 생활. 앙드레 지드, 프랑시스 잠, 생존 페르스 등과 교류함.	1911 ~ 1912	《페르미나 마르케스》
	1913	《A.O. 바르나부트》
제1차 세계대전이 발발하자 비시에서 간호병으로 봉사 활동.	1914	
외교관 여권 획득. 알리칸테에 체류하며 〈르 피가로〉지의 스페인 현지 특파원으로 일함. 스페인의 소설가 라몬 고메스 데 라 세르나와 교류.	1916 ~ 1918	
	1918	《계집아이들》
실비아 비치의 소개로 셰익스피어 앤드 컴퍼니에서 제임스 조이스를 만남.	1920	《아름다움, 내 큰 근심》

	1921	《연인들이여, 행복한 연인들이여》
제네바에서 평생의 반려자가 될 마리아 안젤라 네비아를 만남.	1922	
	1923	《내 가장 비밀스런 충고》
《코메르스》지 창간호 출간.	1924	
《이 처벌받지 않는 죄악, 독서(영어권)》가 메생 출판사에서 발간됨.	1925	《이 처벌받지 않는 죄악, 독서(영어권)》
1월, 2월 포르투갈 여행 중 자신을 키워주다시피 했던 이모 제인 뷔로 데 제티보의 사망 소식을 듣고 급하게 귀국. 8월에 다시 여행을 떠나 이탈리아, 프랑스 남부 도시들을 거쳐 고향 비시로 감.	1926	
스페인 정부가 레지옹 도뇌르 훈장에 버금가는 이사벨 라 카톨리카 훈장을 수여함.	1927	《알렌》 《노랑 파랑 하양》
	1928	《라캉에 대한 단평》
레지옹 도뇌르 4등 훈장 받음. 마리아 안젤라 네비아와 동거 시작.	1933	
이탈리아 정부로부터 오르디네 델라 코로나 디탈리아 훈장 받음.	1934	
뇌출혈로 신체 마비가 오고 말을 할 수 없게 됨.	1935	
상태가 천천히 나아져서 왼손으로 글을 쓸 수 있게 되고 오른쪽 다리를 사용할 수 있게 됨.	1936	

192

상반기 동안 독서 활동 다시 시작. 5월 5일, 말라르메 아카데미 회원으로 선출.	1937	
	1938	《로마의 색깔들로》
여름 한철은 발부아에서, 나머지 계절은 비시에서 보내는 생활이 계속됨.	1940 ~ 1956	
	1941	《이 처벌받지 않는 죄악, 독서(불어권)》
	1944	《성 히에로니무스의 가호 아래》
	1946	《젊은 수녀》 《테세우스의 배》
프랑스 라디오 방송에서 발레리 라르보의 칠순을 축하함.	1951	
문예국가대상 수상.	1952	
레지옹 도뇌르 3등 훈장 받음.	1953	
	1954	《미발표 일기 1권》
	1955	《미발표 일기 2권》
2월 2일 비시에서, 마리아 안젤라 네비아에게 고맙다는 말을 마지막으로 건넨 뒤 숨을	1957	《발레리 라르보 전집》

거둠. 플레이아드 총서에서 발레리 라르보
전집 출간.

브뤼셀의 국제 박람회에 전시된 프랑스를   1958
대표하는 10명의 작가들에 선정됨.

                                             2003   《은빛 선박》

                                             2008   《200개의 방,
                                                     200개의 욕실》

옮긴이 **정혜용**

서울대 불어불문학과와 같은 대학 대학원을 졸업한 뒤, 파리 3대학 통번역 대학원 (E.S.I.T)에서 번역학 박사학위를 받았다. 번역 출판기획 네트워크 '사이에'의 위원으로 활동하고 있으며, 옮긴 책으로는 《단추전쟁》《집착》《산 자와 죽은 자》《에콜로지카》《지하철 소녀 쟈지》 외 다수의 작품이 있다.

세계문학의 숲 0 | 4

페르미나
마르케스

2011년 12월 14일 초판 1쇄 인쇄
2011년 12월 24일 초판 1쇄 발행

지은이 | 발레리 라르보
옮긴이 | 정혜용
발행인 | 전재국

발행처 | (주)시공사
출판등록 | 1989년 5월 10일(제3-248호)

주소 | 서울 서초구 서초동 1628-1(우편번호 137-879)
전화 | 편집 (02)2046-2867 · 영업 (02)2046-2800
팩스 | 편집 (02)585-1755 · 영업 (02)588-0835
홈페이지 | www.sigongsa.com
세계문학의 숲 홈페이지 | www.sigongclassic.com

ISBN 978-89-527-6315-0(04860)
        978-89-527-5961-0(set)